Meursault, contre-enquête

Kamel Daoud

默尔索案调查

〔阿尔及利亚〕卡迈勒·达乌德 著

刘天爽 译

上海文艺出版社

图书在版编目(CIP)数据

默尔索案调查/(阿尔及)卡迈勒·达乌德著;刘天爽译.
—上海:上海文艺出版社,2019
ISBN 978-7-5321-7064-7

Ⅰ.①默… Ⅱ.①卡… ②刘… Ⅲ.①长篇小说-阿尔及利亚-现代 Ⅳ.①I415.45

中国版本图书馆 CIP 数据核字(2019)第 034112 号

Kamel Daoud
Meursault, contre-enquête

责任编辑:崔 莉
特约策划:何炜宏
封面设计:高静芳

默尔索案调查
〔阿尔及利亚〕卡迈勒·达乌德 著
刘天爽 译
上海文艺出版社出版、发行
地址:上海市绍兴路 74 号
电子信箱:cslcm@public1.sta.net.cn
网址:www.slcm.com
新华书店经销 上海利丰雅高印刷有限公司印刷
开本 889×1194 1/32 印张 4.25 字数 85,000
2019 年 5 月第 1 版 2019 年 5 月第 1 次印刷
ISBN 978-7-5321-7064-7/I·5646 定价:40.00 元

并非所有人都在同一时刻走上犯罪之途，

一则故事也并非永恒不变。

——E.M. 齐奥朗

《苦涩三段论》

献给阿依达
献给依克贝尔
我合不上眼。

第一章

今天，妈妈还活着。

她能够把事情讲得一清二楚，可她却不说话了。我跟她不同，一遍又一遍的思考，反倒使我什么都不记得了。

我想说，这是半个多世纪以前的事情了。这件事发生以后，人们乐此不疲地谈论着它。如今，大家还是会说起这个故事，但只会提到一位死者……你瞧，说死了一个人，还面无愧色，实际上，在这个故事中，死了两个人。是的，是两个，可是怎么会漏掉一个呢？第一个人能说会道，以至于大家都忘却了他的罪行；第二个人呢，他是一个目不识丁的可怜人，似乎上帝造出这么一个独特的人，就是为了让他挨上一枪就命归黄泉，他没有名字，甚至都来不及得知他的名字。

跟你直说了吧：第二位死者，被杀的那位，是我哥哥。这世上再没有了他的一丝痕迹，只有我还能设身处地为他说说话，我坐在酒吧里，等待着一场无人将至的吊唁。也许你会笑，但可以说这是我的使命：我想要把整个故事沉默的内幕昭告天下，然而整个酒吧的大厅却空空如也。也正是因为这样，我才会学习法语并且用它来写作；是为了替一位死者说话，帮他把那些还没说完的话说完。杀死我哥哥的凶手出了名，他的故事写得那样好，连我都下意识地想要模仿他的笔调。那是他的专属语言。在我们国家取得民族独立之后，人们一块块地拾起殖民者老房子的砖瓦，来修建一座专属于自己的房屋，我也要做一件同样的事情。创建一门专属于我自己的语言，这正是我写这本书的原因。杀人凶手的用词和表达方式对于我来说十分**空泛**。在这个国家，有些词语虽然已经不再属于任何一个人，可它们还是将这个国家填满，在老店的铺面、在发黄的旧书中、在一些人的面容上依然可见，有些词语还在去殖民化的过程中，形成了古怪的克里奥尔语。

杀人凶手已经死了很久了，我哥哥也不再存活于世——只是对于我来说，他还活着。我知道，你已经迫不及待地想要发问了，我肯定不会喜欢你的问题，但我还是恳请你先认真听我说完，最后你一定会搞懂。我要讲的故事可不寻常。这个故事要从结局讲起，再追溯到开头。是的，就像一群用铅笔画的三文鱼。你肯定和别人一样，人家怎样写故事，你就怎样读。他写得实在太好了，他的用词就像是大小相同的石块儿。你们的主角对于细节的要求非常苛刻，他对于细节的掌控几乎像数学一样精确。在这些石子、石块儿底下，是不计其数的运算。你明白他是怎样写作的了吗？他就像用诗歌的艺术在陈述着罪行！他的世界是那样整洁，被清晨的光芒雕琢着，精确，纯粹，带着芳香，带着精准的水平线的印记。对于他来说，唯一的阴影就是那些“阿拉伯人”，一些形影模糊的、多余的、不合时宜的存在，伴随着长笛的声响而出现，如同幽灵一般，在所有的语言中，都有这种表达方式。我想，无论是死是活，他都已经受够了浪迹在一个不被需要的国家。正是这样一个不能踏上自己故土的失落情人，犯下了杀人之罪。他一定经历过诸多磨难吧，可怜的人啊！不能在赋予自己生命的故土长大的小孩儿！

而我呢，我也读了他的版本。就像你，就像其他几百万读者一样。从一开始，我们就都知道：他有着男子的名字，而我哥哥只是一场事故的代名词。他本应该把我哥哥叫做“十四点”，就像另一个人把他的黑人奴仆叫做“星期五”一样。是一天中的某一刻，而不是一星期中的某一天。十四点，不错。在阿拉伯语中，“Zoudj”的意思是二，是双重，是我和他，从某种意义上讲，对于了解实情的人来说，也是毋庸置疑的双胞胎的意思。他是一个生命转瞬即逝的阿拉伯人，只活了两个小时，在他死后、入土之后，时间毫不间断地过去了七十年。我哥哥就好像是被压在了玻璃杯下，一点儿翻身的余地都没有：就算他是被人杀害的，人们也还是会用流逝的时间和时钟的两根指针来为他命名，好让他中弹身亡的一幕一再重演，开枪的是个法国人，杀人只是因为他在一天当中、在他肩负的余生中无所事事。

还有，我只要一仔细想这件事，就会生气——至少在我还有足够的力气生气的时候。那个法国人在装无辜，他长篇大论地讲述着他的母亲是怎么死的，他的身体是如何在阳光下失去控制的，他的情人是如何离他而去的，他是如何在教堂指认上帝背离人的身体的，然后他又是怎样处理他母亲和自己的尸体的，诸如此类。上帝啊，他杀了人，还能在临死之前一直保持着欢愉，这是怎么做到的？中弹身亡的是我哥哥，不是他！是穆萨，不是默尔索，不是吗？有件事情，让我感到惊愕。从来没有人，甚至在独立战争之后，也没有人试图弄清楚这位受害者叫什么，他住在哪儿，他的先辈是谁，他是否有孩子。一个都没有。所有人都对凶手那钻石般光芒四射的完美语言瞠目结舌，所有人都会对凶手的孤独移情，并且向他致以最精妙的慰问。如今，有谁能够告诉我穆萨的真实姓名是什么？有谁知道是哪条河流把他的尸体带进了大海？然而，即使没有什么魔法棒，他也本可以独自一人，凭借一双脚，孤勇地穿越那片海洋。又有谁关心穆萨是否有枪、他怎样思考或者他是否会中暑？

谁是穆萨呢？我哥哥。这正是我要说的。我要把穆萨所不能告诉你的都讲给你听。我年轻的朋友，当你推开这扇酒吧的大门的时候，你就挖开了一座坟墓。你的公文包里有《局外人》这本书吗？好吧，做个虔诚的信徒，把前几段读给我听……

你读懂了吗？没有？那我解释给你听。自从他母亲去世，这个男人，这个杀人凶手，就不再属于自己的国家，他坠落到了空虚和荒谬的境地。这位“鲁滨逊”想要通过杀死他的“星期五”来改变自己的命运，却发觉自己被困在了一座岛上。于是他开始机智地高谈阔论，就像是一只沾沾自喜的鹦鹉。“可怜的默尔索啊，你在哪儿？”回应一下这声呐喊吧，不然它会显得那样奇怪，我保证。我要求你这样做。而我呢，我已经把这本书烂熟于心。我能像背诵《古兰经》那样把它一字不落地背诵下来。这个故事，是一具尸体所写，它根本就不是出自一位作家之手。我们所知道的，就像他描述的那样：他忍受着太阳的光照和色彩所带来的眩晕，除了阳光、大海、往昔的石子之外，他的意识中空无一物。从一开始，就能感到他在寻找我哥哥。事实上，他真的在找，然而并不是为了与他邂逅，而是为了今生再也不用与他相遇。有一件事，每次想到都会使我感到痛苦，那就是他是跨过我哥哥的身体杀死他的，而没有把他直挺挺地拉起来。你知道吗，他的罪行就像是一场庄严的漫不经心之举。正是因为这样，这种漫不经心使我哥哥无论如何都不可能被追封为“烈士”。烈士的美誉在凶杀案之后还是来得太迟了。在这期间，我哥哥的遗体早已没了踪迹，那本书呢，也早已功成名就、家喻户晓。所以，接下来，想要证明这场凶杀案不成立而只是一场中暑，就像是一条铺满荆棘的路。

哈哈！你想喝点儿什么？这里有各种美酒佳酿，但只有在人死了之后才能品尝得到，活着的时候可不行。这是宗教的教义，哥哥，快来吧，几年以后，在世界末日之后，唯一一个开着的酒吧会在天堂上。

在给你讲故事之前，我先简短地概括一下：那天，一个很会写故事的人杀死了一个阿拉伯人，这个阿拉伯人甚至连名字都没有——就好像，杀人凶手用一根钉子把这个阿拉伯人嵌入到背景中——然后他开始解释说这是子虚乌有的上帝的过错，是他在阳光下突然的顿悟的结果，是海盐迫使他闭上了双眼。因此，这场谋杀完全逍遥法外，无法定罪，因为没有任何一项法律对于“正午”和“十四点”、对于“我和哥哥”、对于“默尔索和穆萨”制定过任何规则。在接下来的七十年间，大家团结一致、迫不及待地让尸体销声匿迹，并把凶手的作案现场改造成了一座非物质文化遗产博物馆。默尔索想说什么？“孤单的死”？“愚蠢的死”？“从未死去”？我哥哥在整个故事中连说一句话的机会都没有。而你呢，你就像所有比你年长的人一样，被作者带入了歧途。“荒谬”，我和哥哥将它背负在祖国的肩膀和胸膛上，仅此而已。好好听我说，我既不悲伤也不愤怒。我甚至都没有为他举行过葬礼，只是……只是什么呢？我不知道。我只是希望正义能够得以伸张。

对于我这个年龄的人来说，做到这点有点儿可笑……但我保证我说的是真的。我并没指望法庭会还我公正，只是希望得到内心的**平衡**。此外，我还有另外一个理由：我想得到解脱，我不想再被亡灵追索。我想我知道了为什么我们要写真正意义上的书。并不是为了出名，而是为了更好地归隐，只有这样才能品味到这个世界的精髓。

喝点小酒，透过窗子向外望，感觉整个国家就像水族馆一样。好吧，好吧，这也是你的错，朋友，是你的好奇激发了我写作的欲望。我等了你好几年，就算我写不成这本书，至少我也给你讲了这个故事，不是吗？喝了酒之后，人总是希望有人听他说话。这句便是今天要记录在小本子上的箴言……

很简单：我要重写这个故事，虽然用的是同一种语言，但表达出来的思想却截然不同。也就是说，我会从穆萨还活着的时候、从那些把他拖入生命尽头的小路、从这个阿拉伯人的名字开始讲起，一直讲到他中弹身亡。于是我学习了这门语言，学会了一点点，目的就是为了帮我哥哥讲这个故事，他是阳光的朋友。你觉得这似乎不可能吗？那你可就错了。每当我问起时，都没有人愿意给我答案，我要找到它。一门语言，可以用来斟饮，也可以用来表达，有一天，它会占据你；它会养成替你把握信息的习惯，它会吞噬你的嘴唇，就像情侣间疯狂的热吻。我认识这么一个人，他学习用法语写作是因为有一天他不识字的父亲接到了一封电报，没人会读——这个故事就发生在你们的主角的年代，殖民地的时代。他把电报揣在口袋里，再有一个星期就要过期了，这时有人帮他读了出来。有三行字，上面写道，他母亲死了，死在了一个幽远的、没有阿拉伯人的地方。“我是为我父亲学的写作，也是为了这样的悲剧不再重演。我永远都忘不了他和自己怄气的样子和向我求助的目光。”这个人这样对我讲。其实，我和他的理由相同。来吧，继续读吧，尽管所有文字都已印在了我的脑海。每天晚上，我哥哥穆萨，我的亲哥哥，都会从亡灵的国度出现，他抓着我的胡子向我吼道：“哦！弟弟阿虎啊！你怎能任由他们为所欲为呢？我不是一头小牛犊，他妈的，我是你哥哥啊！”来吧，读吧！

首先要明确一点：我们家只有我们兄弟两人，没有姐妹——没有你们的主角在书中描述的那种轻佻的女子。穆萨比我年长，他的个头直冲云霄。他是个大个子，是的，由于忍饥挨饿，也因为爱生气，他的身体瘦弱多节。他的脸棱角分明，他有一双大手和一双坚毅的眼睛，这双眼睛因目睹了祖辈丧失的土地而变得坚毅无比。但是每次当我想到这些的时候，我总会觉得他爱我们的方式就像对待死人似的，也就是说，他的眼神里带着一种超脱，他从不多说一句废话。他在我脑海中存留的印象已经不多了，但我还是要仔仔细细地描述给你们听。比如说那天，他从我们街区的市场早早地回了家，或许是从港口回来的吧；他是搬运工，他无所不能：背东西，拖着脚步，抬物品，汗流浃背。那天他碰见我的时候，我正摆弄着一只旧轮胎，他把我扛到肩上，让我抓住他的两只耳朵，他的脑袋就像一个方向盘。我还记得那种把我带到天上去的快乐，他呢，他就滚动着车轮，嘴里模仿着发动机的声音。他的气息又回到了我身边。那是一种粘糊糊的气味儿，烂蔬菜、汗水、肌肉的气息和喘息的味道相互交杂。哥哥在我脑海中的另外一幅画面，便是宽恕节的那天。前夜，他因我做了一件蠢事而痛打了我一顿，于是我俩之间产生了芥蒂。那日正是宽恕节，他本想抱抱我，但是我并不想让他失去威严或是让他低声下气地祈求我的原谅，即便是以真主之名也不行。我还记得，他在我们屋子的门口，面对着隔壁的墙站着，手里夹着一支烟，端着一杯妈妈煮的黑咖啡。

我们的父亲已经消失了几个世纪了，有人说在法国遇见了他，而他就在这些流言蜚语中消失得无影无踪。只有穆萨能够听到他的声音，并向我们转达他在梦里听爸爸说的话。我哥哥只见过爸爸一次，但只是远远地看见过一眼，他甚至都怀疑那到底是不是我们的爸爸。还是个孩子的时候，我就知道该如何消遣那些充斥着流言蜚语、漫不经心的日子。而我哥哥穆萨呢，他听别人说起过我们的父亲，他发了疯似的回到屋子里，眼里闪着愤怒的火花，他低声和妈妈促膝长谈，而最后都是以他们之间激烈的争吵而告终。我无法参与进来，但是我能够了解到他们谈话的大意：哥哥莫名其妙地生着妈妈的气，妈妈就用一种更加莫名其妙地方式予以回击。不得安生的日日夜夜里充斥着愤怒，我还记得我哥哥穆萨扬长而去时带给我的恐慌。但他总是在天蒙蒙亮的时候回来，喝得酩酊大醉，他对自己的反抗精神引以为傲，就好像从中获得了一股新生的力量。然后，穆萨醒了酒，就像熄了火一样。他想好好睡上一觉，可我母亲却不依不饶。这些画面都印在我的脑海，我能告诉你的就这些了。一杯咖啡，几根烟头，他的绳底帆布鞋，妈妈哭哭啼啼，可又会很快给来家里借茶或者香料的邻居赔出笑脸，从悲伤到殷勤的转变速度之快，让我怀疑她是不是真的难过。

一切都因穆萨而起，穆萨的言行又因父亲而起——一个我根本就不认识的、一个除了姓氏什么也没有留给我的人。你知道当时我们被叫做什么吗？“ouled el-assasse”，看门人的儿子。更确切地说，是打更人的儿子。我父亲在一家小作坊里打更，我也不知道是什么作坊。一天晚上，他不见了。就是这样。故事就是这样的。那会儿是在二十世纪三十年代，我出生不久之后，爸爸就不见了。这就是为什么我对父亲的印象总是很灰暗：我觉得他藏在大衣里或是藏在一件带帽子的黑色长袍后面，在一个黑暗的小角落里缩成一团，不说话也不回答我。

穆萨是一个有分寸、不多言多语的人。他长着一把浓密的胡子，单凭眼神，就可以拗断任何一个法老侍卫的脖子。得知他的死讯和当时情形的那一天，我既不痛苦也不愤怒，起先只是有种失望和受到冒犯的感觉，就好像是被人凌辱了一样。我哥哥穆萨，一个可以在海上乘风破浪的人，却像是一个跑龙套的配角一样，在这样一桩不值得一提的小事中死于非命，他死去的那片海滩如今已经消失不见，拍打过他身躯的那片浪潮，本应该让他名垂青史！

我几乎从未哭过，只是现在我再也不会像从前一样凝望天空了。此外，不久之后，我并没有去参加独立战争。自从得知我们的对手会因懒散、中暑而杀人的那一刻起，在我心中，这场战役早就赢了。对于我来说，在我学会读书和写字的时候，一切都变得了然：我妈妈还活着，而默尔索的妈妈去世了。他杀了人，可是我知道他其实是杀死了他自己。这可千真万确，在此之前，屏幕绕着轴承滚动，角色无法更改。在此之前，我明白了我和他处于怎样的境地，我们都是来自密室的同卵伙伴，我们的身躯，也只不过是西装下的空壳。

所以，这场凶杀案不应以那句著名的“今天，妈妈死了。”作为开篇，而是要用另外一句从来没人听闻过的句子，也就是穆萨那天出门前对我妈妈说的那句话：“今天我会早些回来。”我还记得，那一天我非常不在状态。你还记得我所说的世界和它的双重解码吗？状态好的日子，我要承受着有关我爸爸的流言蜚语，状态不好的日子，我就会沉浸在缭绕的烟雾、与妈妈争吵和把自己看做一个坐吃等死的废物的自责中。实际上，我注意到了，我和穆萨一样：他取代了我父亲的位置，而我，取代了他。在这一点上，我骗了你，在很长一段时间里，我也骗着我自己。实际情况是：独立战争只是使一些人和另外一些人互换了角色。当殖民者在我们的土地上肆意挥霍、修建碉堡、种柏树、养殖鹤的时候，我们就像一群孤魂野鬼。今天呢？情形恰恰相反！这群殖民者偶尔还会回来，在为黑户和留守儿童举办的游园会上，他们握着子孙的手，试图寻找一条街、一栋房子、一棵树干上刻着字的大树。最近，我在机场的烟草商店见到一群法国人。他们就像一群小心翼翼的、沉默的幽灵。他们看着我们、我们阿拉伯人，沉默着，**就像被看的是石头、是枯树。**[①] 然而现在，这个故事讲完了。是他们的沉默为我们的故事写上了结局。

你在调查这桩案件的时候，获取主要信息的做法，我是赞同的：死者是谁？他是何许人也？我还是坚持要你记住我哥哥的名

① 引自《局外人》第一部第六章，加缪著，柳鸣九译，上海文艺出版社，2015年。——译者注

字，因为他是第一个受害者，并且大家一再地将他置于死地。我坚持这样做，否则我们就此别过吧。你带回家一本书，而我带回去的，却是一具尸体，每个人都有自己要走的路。多可怜的一张家谱啊，可这是个不变的事实！我是打更人的儿子，ould el-assasse，阿拉伯人的弟弟。你知道吗，在奥朗这个地方，大家都很看重一个人的出身。姓 ouled el-bled 的人，才是这座城市、这个国家真正的子民！大家都想成为这座城市的独生子，第一个，也是最后一个，最先来到这里的。那么在这个故事里，也会感到异族的不安，不是吗？每个人都试图证明他是第一个来到这里的人——他，他爸爸或者他的祖父母——曾在这里生活过，而其他所有人，都是异乡人，都是在独立战争中胡乱册封为贵族的没有土地的农民。我总是暗自思忖，为什么这些人会掘地三尺、从坟墓里挖出这些烦恼来呢。是啊，是啊，也许是出于恐惧，也许是对财产的觊觎。最先住到这里的人？不服气的人和晚些时候来到这里的人会说：最先住到这里的是老鼠啊！这座城市面朝大海，岔开双腿。当你朝西迪-艾勒-乌阿提老街区走去的时候，在挨着西班牙的卡莱尔一带，看看那里的港口，它们就像是一个因为思念家乡而变得啰啰嗦嗦的老妓女。有时候我会去枝叶繁茂的乐当步行花园，我会在那儿自饮自酌，也会遇见一些犯人。是的，那里的植被枝繁叶茂，又颇有异国风情，有榕属植物，针叶类植物，芦荟，棕榈树和其他一些枝叶茂盛的树木，它们上天入地，飞快地生长。树底下，是一个巨大的西班牙和突厥画廊迷宫，我以前去参观过。这些画廊通常是关着的，但是我在那里见到过惊人的一幕：从画廊里面，可以看到那些百年老树的树根，可以这么说，这些树根更是茁壮无比、百转千回，硕大的裸露在外面的花朵，就像悬挂在空中一样。到这个花园里去看看吧。我很喜欢这个地方，但是有时候也会闻到女人下体的气味，浓烈，筋疲力尽。这一点也多少迎合了我淫荡的想法，这座城市面朝大海，岔开双腿，两条大腿岔开，从大海湾，一直延伸到城市的高处，在那里，就可以找到这座繁茂、芬芳的花园。一位将军、一位叫做乐当的将军在一八四七年的时候构思了这座花园。我呢，我会说是他“孕育”了这座花园，哈哈！你绝对要去那儿看看，然后你就会明白为什么这里的人都发了疯似的想要找到自己的祖先。就是为了隐居在这里。

你都记下来了吗？我哥哥叫穆萨。他是有名字的。可他依然是个阿拉伯人，而且永远都会是阿拉伯人。他是名单上的最后一个，然而他并不在你们的鲁滨逊的财产清单上。很奇怪，不是吗？几个世纪以来，殖民者扩张着财富，拿走自己想要的一切，并为自己占有的物品巧立名目。默尔索把我哥哥称作“阿拉伯人”，那是为了一边漫无目的地散步，一边像消磨时间一样地杀了他。说到殖民者的统治，你可知道，独立战争之后的几年以来，妈妈一直争取申请殉难者的抚恤金。可是她从来就没有得到过，请问这是为什么？因为无法证明这个阿拉伯人是他的儿子、是我的哥哥。无法证明他存在过，无法证明他是在大庭广众之下被杀害的。无法找到也无法证实穆萨这个名字和穆萨本人之间的关系！如果你不会写书，这如何才能在人道主义中说得通？妈妈在独立战争的前几个月曾低迷消沉过，她试图收集群众的集体签名或者找到事件的目击者，但也是徒劳。穆萨，他连尸体都没留下!

穆萨，穆萨，穆萨……有时候，我会不断地重复这个名字，这样它才不会在苍茫的文字中消失。我坚持要这样做，我要你把这个名字加上粗体。这个男人在他出生和死去之后的半个世纪，才刚刚拥有一个名字。我坚持要你这样做。

今天，第一个晚上，我来埋单。那么，你的名字又叫什么呢?

第二章

早上好。没错，天空很蓝，蓝得就像孩子的描绘本上的色彩。又像成真的愿望一样澄明。我昨晚过得糟透。我生了一个晚上的气。这口郁积在喉咙里的怒气，总是用同一个问题反复践踏、碾压着你，它折磨着你，就是为了让你承认自己的痛苦，就是想听你唤起一个名字。你在其中筋疲力尽，就像明明经历了一场审讯，却感觉像是出卖了别人。

你问我是否愿意继续讲下去？是的，当然啦，只要一有机会从这个故事中解脱出来，我就会往下讲！

孩子啊，这么久以来，我能做的只是每晚反复讲述一个并不精彩的故事。这是关于一个叫做穆萨的哥哥被杀害了的故事，我妈妈的情绪变化莫测，所以每次讲的故事也都不尽相同。在我的记忆中，妈妈每次讲故事都是在冬季阴雨连绵的黑夜，小煤油灯闪耀着昏暗的光，也照耀着我们破旧的小屋，妈妈絮絮叨叨地说着。这样的情形也并不常见，我觉得只有当我们缺衣少食，天气寒冷难熬，或者当她寂寞难耐的时候才会讲故事。哦，你懂的，故事终有被人遗忘的一天，这位可怜的妇人对我讲过些什么，我并不完全记得了，可她却会从父母那里、从她的部落、从妇人们的闲言碎语中，不断搜寻记忆。那些故事都是一些捕风捉影的事情：隐形的巨人穆萨与异族（gaouri）、与欧洲基督徒（roumi）、与肥胖的法国佬、与偷走我们血汗和土地的小偷全力以赴地争斗。在我们的想象中，我哥哥穆萨无所不能：有人打了他一个耳刮子，他一定会打还回去；有人辱骂了他，他一定会给他点儿颜色看看；他能夺回被侵占的土地，要回拖欠的工钱。因此，传说中的穆萨身骑骏马，腰佩宝剑，与归来的亡灵一起拥护正义。最后，你猜对了。他活着的时候，大家都知道他是一个暴躁的人，他喜爱野蛮的拳击运动。从某个角度来说，妈妈讲的故事主要集中在穆萨人生中的最后一天，也是他获得永生的第一天。妈妈把穆萨生命最后一天的每个细节都讲得活灵活现，以至于让自己陷入幻觉之中。她对我讲的根本就不是一场凶杀案或死亡，而是一场奇幻的蜕变，关于一个住在阿尔及尔贫民窟的朴素的年轻人变成一个救世主一般战无不胜的英雄的故事。于是，这个故事变成了另外一个版本。当穆萨被一场预言般的噩梦或是喊着他名字的恐怖声音惊醒时，他早上就会早一点出门。有时候，他会应朋友的召唤而去，那是一群无所事事的年轻人，阿拉伯语叫做 ouled el-houmma，他们玩弄女人，吸烟，满脸刀疤。接下来，他们厮混在一起，而这一切都以穆萨的死而告终。别的我就不知道了。关于穆萨的死，妈妈有一千零一个版本，而对于我来说，在我这个年纪，真相似乎并不重要。还记得那会儿，我与妈妈身体上的接触过于亲密，夜幕降临时分，我们无声地妥协着。醒来的时候，一切都恢复了平静，妈妈在一个世界，而我在另一个。

调查员先生，关于书中陈述的罪行，您还想让我对您说点儿什么呢？我并不知道在那个致命的夏天，从早上六点到下午两点之间发生了什么。此外，穆萨被杀之后，没有一个人来向我们调查情况。根本就没有过任何严肃的调查。我都想不起来那天我自己做了些什么。大街上熙攘的人群把我们街区的居民吵醒。在街区的低处，住着塔乌依的儿子们。塔乌依是一个胖胖的老好人，他拖着一条生病的左腿，不时轻轻咳嗽，他烟瘾很大，每天一大清早都会往墙上撒一泡尿，他并不会为此感到害臊。我们所有人都认得他，因为他就像我们街区的闹钟一样，每天都同一时间出门。他的步伐和咳嗽声打破清晨的节奏，也是街区的新一天来临的最早标志。在街区的最高处，右手边住着艾勒-阿迪耶，又名朝圣者，这是家谱祖传下来的名字，并不是因为他去过麦加，他确确实实就叫这个。他也是个安静的人，他来到人世似乎就是为了打他妈妈，为了带着满脸仇恨看街上的人来人往。这个摩洛哥人住在近旁小街道的第一个角落，他在那开了一家叫做艾勒-卜丽迪的咖啡店。他的儿子们谎话连篇，手脚也不干净，他们一有机会就爬到树上偷摘水果。他们还发明了一个游戏：把火柴扔进人行道边的废水沟里，还不让别人跟着他们走。我还能记得一位老妇人，她叫塔依比，是一位胖胖的接生婆，没有孩子，脸上带着一种捉摸不定的幽默气质；她看我们这些别的女人所生的孩子的时候，眼神中会带有一丝不安，一些渴望，这会让我们紧张地大笑起来。我们这群小虱子，在一头巨兽身上迷失了，这头巨兽就是我们的城市和它那成千上万条街道。

所以，那一天，没什么特别的。即便是妈妈这样一个先知先觉、敏感的人，也没发觉有什么异常。就是很寻常的一天，总之，女人的呼喊，露台上晾晒的被单，流动的商贩。没有人能够听到那么远处的枪声，那一枪开在城市的最低处，在大海边上。即使是那最可怕的一刻，夏天的十四点钟，也是人们午睡的时间。所以，调查员先生，真的没什么特别的。当然，不久之后，我就此想了想，渐渐的，在妈妈叙述的成千上万个版本、记忆的碎片和依旧存留的直觉中，我觉得总会有那么一个版本和事实更为接近。我不太确定，但当时在我家，飘散着两股相互对抗的女人的气味：妈妈的，和另外一个女人的。那是一个我素未相识的女人，但是穆萨的声音里，眼神中，他对妈妈的暗示粗暴的拒绝中，都有她的痕迹。要我说的话，那是一种后宫中争风吃醋的紧张感。就像是一种陌生的香气与熟悉的厨房气息之间无声的争斗。在大街上，女人们都是姐妹。相互尊重的法则让爱情不再有趣，婚礼上彼此之间也没有了吸引力，女人们在露台上晾衣服时也不像从前那样频繁地暗送秋波了。我觉得，大街上，像穆萨这般大的年轻姐妹们会认为婚姻就意味着乱伦并且对此提不起任何兴趣。或者说，在我们和法国佬的世界之间，在低处的法国人居住的街区，有时候会看到一些穿着裙子、高耸着胸脯的阿尔及利亚人，就像忧郁的玛丽-法特玛，我们这些顽皮的孩子会把她们当成妓女来看，并且会用眼神把她们杀死。这些诱人的猎物既能带来爱情的欢愉，又不至于把你拖入婚姻的厄运。这些女人通常能够点燃爱欲的疯狂，也可以让情敌之间争个你死我活。你们的作家也就此谈到了一些。可他这么写是不公平的，因为这个女人根本不是穆萨的妹妹。总之，也许她只是他曾经玩弄过的一个女人。我总觉得误会就源于此：一桩哲学般的案件，实际上仅仅是一本变质了的旧账。穆萨想要给你们的主角一次改正的机会，让他挽救这个女孩的尊严，而你们的主角为了自保，竟然冷冰冰地把他击倒在沙滩上。我们这些阿尔及尔著名街区的子民，在这一点上有着尖锐的、不可名状的尊严。保卫好女人和她们的大腿！我想，在陆续丧失了土地、矿井和牲口之后，他们有的，也只有女人了。我笑了，是啊，在这个有点儿封建的想法面前，我也笑了，但是你想想是不是这个道理，求求你了。这并没有荒唐得不可理喻。在书中，故事里的问题之所以会出现，主要由于以下两个弊病：女人，和游手好闲。所以有时候我真的会这样想，在穆萨人生最后的日子里，一定有过一个女人，那是一股带着妒意的香气。妈妈从来都没说起过这件事，但是案发以后，在我们街区，我常常被看作是失而复得的尊严的继承人，像我这样一个孩子，无法分辨其中的原因。可我却心知肚明！我能感觉得到。妈妈给我讲述的关于穆萨的谎言和捕风捉影的故事，引起了我的怀疑，也在我的直觉上留下了一丝气味。我把一切又重新组织了一遍。穆萨近日来经常喝得酩酊大醉，弥散在空气中的女人的香气，当他遇见朋友时嘴角浮起的骄傲的笑，他和朋友之间严肃又滑稽的窃窃私语，他玩弄刀具和他向我展示文身的样子。他的文身上写的是“echedda fi allah”(真主，我的支柱)，右肩膀上写的是“要么行走，要么灭亡”。左手的小手臂上文着“闭嘴”和一颗碎裂的心。这是穆萨写过的唯一一本书。就像他的最后一声叹息一样短促，这三句话概括地写在了世界最原始的纸张——他自己的皮肤上。我能记得他的这些文身，就像我们都会记得我们的第一本书上的图案一样。其他的细节呢？哦，我也不知道了，他的蓝色工作服，他的绳底帆布鞋，他那预言家一般的胡子，和他那双试图抓住我父亲灵魂的大手，以及他和不知姓名的女人之间并不光彩的往事。我真的不知道了，“国际调查者”先生。

啊！神秘的女人啊！如果她真的存在过，那我只知道她的名字。那晚睡觉的时候，我哥哥呼唤起一个名字，我怀疑那便是她的名字。朱碧妲。也就是他死前的那晚。这是个预示吗？或许是的。总之，当我和妈妈永远离开这条街的时候——妈妈决定离开阿尔及尔，离开大海——我看见了一个女人，我确定我看见了，她紧紧地盯着我们。她穿着一条短裙，一双臭烘烘的长筒袜，头发梳得和当时的电影里一样，我的印象是：很明显，她的脸是棕色的，她把头发焗成了金黄色。“朱碧妲，永远爱你”，哈哈！也许我哥哥把这句话也文在了他身上的某个地方，那我就不知道了。就在那天，我知道是她。早上，就在我和妈妈刚刚准备出发的时候，朱碧妲手里提着一个红色小袋子，她从远远的地方盯着我们，她的嘴唇和巨大的黑色瞳孔似乎要向我们问些什么事情似的。我几乎可以断定那就是她。当时，我宁愿不跟她说话，也决定不跟她说话，因为这会为我哥哥的消失增添一丝神秘色彩。我需要穆萨给我一个解释、一个理由。我自己都没有意识到，在我还不识字的时候，我拒绝他荒谬的死，我需要一个故事，才能将他的尸体安葬。我拉着妈妈的长袍，她没有看到。但是她肯定感觉到了些什么，因为她的面孔变得扭曲，出口骂了一句难听得前所未闻的脏话。我转过身去，那个女人不见了。我记得，我们走上了通往哈朱特的路，道路的两旁都是丰收的景象，然而收成却与我们无关，火辣的阳光，游客们坐在布满灰尘的游览车里面。柴油的气味让我恶心，但我却很喜欢那阳刚的隆隆声，鼓舞人心，就像是一位父亲，把我和妈妈拉出那个巨大的迷宫，那里尽是房屋、筋疲力尽的人、贫民窟、脏兮兮的小鬼头、气呼呼的警察和终将消失的阿拉伯海滩。对于我和妈妈两人来说，这座城市永远都是犯罪现场，也是让我们失去了一些纯粹的、往昔的东西的地方。是啊，阿尔及尔，在我的记忆中，就是一个肮脏、腐朽、横行着人贩子和叛徒的阴暗存在。

在奥兰这座城，为什么今天，我又一次感到自己搁浅了呢？好问题。也许我是在自我惩罚。看看你的周围吧，在奥兰也好，在别处也罢，我们都会觉得城里的居民满心怨念，他们来到这里，就是为了洗劫这个异国他乡。城市就是战利品，人们把它看作一个老妓女，凌辱着她，虐待着她，朝她的脸上扔垃圾，又不断把她比喻成安宁纯净的小村落，就像从前一样，但是我们再也离不开她，因为这是通向大海的唯一出口，也是离沙漠最远的地方。记下这句话，我觉得它很美，哈哈！这里流传着一首古老的歌谣，是这样唱的："啤酒是阿拉伯的，威士忌是西方的。"当然，这不对。在我独自一人的时候，我时常把它改编成：这首歌很有奥兰特色，啤酒是阿拉伯的，威士忌是西方的，酒吧男服务生是卡比利亚的，街道是法国的，古老的柱廊是西班牙的……这首歌没有结尾。我在这里住了几十年，住在这里感觉很好。大海在低处，在远处，瘫痪在脚下的，是一片一片的港口。她不会偷走我的谁，也永远都不会侵犯到我。

你看，我活得多开心。这么多年来，除了在我的脑海和在这间酒吧，我从未如此严肃地提起过我哥哥的名字。在这个国度，人们通常把所有不认识的人都叫做"穆罕默德"，而我呢，我把所有人都叫做"穆萨"。这里的服务员也是如此，你可以这么称呼他，他一定会高兴的。给死者取一个名字很重要，就像给新生儿取名字一样重要。这很重要，真的。我哥哥叫做穆萨。他人生最后一天的时候，我七岁，所以我给你们讲的这些事情我自己都不记得了。我记不得我们在阿尔及尔住的那条大街叫什么名字，只能记得巴-艾勒-伍德街区，记得那里的商店和墓地。其余的记忆都不见了。阿尔及尔还是会让我感到害怕。它对我无话可说，它既不记得我，也不记得我的家人。试想一下，一个夏天，我想应该是在一九六三年，在独立战争刚刚结束的时候。我回到了阿尔及尔，决心自己做一份调查。但是很惭愧，我到火车站的时候又返回来。当时天气炎热，我感到自己在这座城市的外衣下显得特别奇怪，对于我这样一个习惯了慢节奏的庄稼和树木的阿拉伯村民来说，一切都进展得太快了，像是一场眩晕。我马上返回了。为什么呢？很明显啊，我年轻的朋友。我暗自想，如果能够找到我们的老房子，哥哥的死一定会唤起我和妈妈的记忆。和哥哥的死一块儿闯进我们心扉的，还有大海和不公。这激荡的声响就像是一场蓄谋已久的辩驳，却也是真相。

看吧，我试着回忆得准确一些……我们是如何得知穆萨的死讯的呢？我想起了一种盘旋在街道上空的无形的云彩；我想起了怒气冲冲的大人，边比画着手势，边大声喧哗。最初是妈妈告诉我，他大儿子因为想要保护一个阿拉伯妇女和她的声誉而被一个法国佬杀死了。夜里，一种不安的情绪潜入我家，我想，妈妈渐渐平静下来。毫无疑问，我也是。然后突然，我听到了一声越来越响亮的长长的呻吟，那声音变得撕心裂肺。这一声叫喊摧毁了我们的房屋，炸断了墙壁，然后炸毁了整条街区，我一个人留在那里。我记得，我开始哭泣，无缘无故地哭了起来，只是因为所有人都在看我。找不到妈妈，我在外面，感到很拥挤，什么东西砸到了我，可它却比我更加昂贵，我感到自己被重重灾难团团包围。好奇吗？我困惑地想，也许是因为我爸爸这次真的去世了，这使我倍感悲伤。夜很长，无人入眠。大家络绎不绝地前来表达悼念。大人们语重心长地跟我说话。当我搞不懂他们在说些什么的时候，我就要克制住不去看他们的瞳孔、他们摆动的手和寒酸的鞋子。天亮的时候，我饿极了，最后不知道在哪儿睡着了。关于那天，关于第二天，在记忆中追寻也是白搭，因为它们不再留有一丝痕迹，我只记得古斯古斯的味道。这一天十分漫长，巨大而广阔，就像是一个幽深的山谷，我和其他神情肃穆的小伙伴一起在山谷中散步，他们对我这位“英雄的弟弟”的新身份表现得毕恭毕敬。之后就没有发生什么了。在一个人的生命中，并不存在最后一天。最后一天只在书中才有，它的到来没有任何征兆，只有闪闪发光的泡影。这便是我们荒谬处境的最好证明，亲爱的朋友：没有人有权选择生命中的最后一天，生命中有的，只是突如其来的灾祸。

我回去了。那么你呢？

是的，那个服务员叫穆萨——这个名字无时无刻不存在于我的脑海。而那边的另外一个人，我也叫他穆萨。但是他的故事却截然不同。他的年龄要大一些，当然啦，虽然还有老伴儿，但他基本上已经算是半个鳏夫了。看看他的皮肤，就像羊皮纸一样。他是一位老法语教学监察员。我认识他。我不想让他映入我的眼帘，因为他会借机进入我的脑袋，他会住在那里，并在我的地盘叽里咕噜地讲述他的人生。我会和悲伤的人保持距离。我身后的那两个人呢？他们的侧影一模一样。这个国度，这个水族馆，依旧敞开着怀抱，鱼儿们拖着沉重的身躯游走，身体触碰着水底。我想，当人们的生活一片混乱、当他们想要摆脱岁月、神灵和自己的老婆的时候，就会来到这里。好吧，我觉得你会对这个地方很熟悉。我们觉得自己像是陷阱中的老鼠，从一艘行驶中的游船跳到另外一艘上去，除非近期把这里所有的酒吧都关掉。到最后一家酒吧的时候，要用胳膊肘挤开其他人，因为那里会有很多人，苍老的人。去过一次以后，你就会有切身体会。我把你邀请到这里来，就是为了让你看看这个。你知道朋友们私下是如何称呼这家酒吧的吗？铁达尼克号。但是在酒吧的招牌上，却写着一座山的名字：藏黛尔山。去看看吧。

不，今天我不想再说我哥哥的事儿了。看看甲板上其他的穆萨吧，一个接一个地看，并且设想一下，他们是如何躲过阳光下那发射来的子弹的，或者，他们是怎样躲开你们的大作家的，或者，他们是怎样活到现在的。这里有成千上万人，相信我。自从独立战争开始，他们就在这里拖绳索了。他们在海滩上闲逛，埋掉死去的母亲，在船的栏杆上向外一望就是几个小时。该死！这间酒吧又让我想起了你们的默尔索的妈妈的墓地：同样的寂静，同样隐蔽陈旧，为生命的终结举行同样的仪式。时间还早，可我已经开始喝酒，我的理由很充分：我有反胃酸的毛病，深夜就会发作……你有哥哥吗？没有。好吧。

是的，我爱这座城，尽管我也爱说女人的各种坏话——刚才我没告诉你这些。我们来到这里，就是为了寻找财富、大海和心灵的归宿。没有人在这里出生，所有人都是翻越过唯一的一座山，来到这儿的。此外，我暗自想到，是谁把你送到这儿的，你又是怎样找到我的。这几乎难以置信，你懂的，几年以来，从没有人相信我和妈妈的话。我们两人已经安葬了穆萨，真的。没错，没错，我一会儿解释给你听。

啊，怎么又提到了穆萨……不，不要回到这个名字，我把它叫做“瓶子里的鬼魂”。他几乎每天都会来。只要我来，他就会来。我们之间不用言语也可以彼此问候。我以后再跟你们说这个。

第三章

今天，妈妈特别苍老，苍老得就像她妈妈似的，或者说像她的曾祖母、曾曾祖母也不为过。人一旦上了年纪，就会和祖先们越长越像，祖先们一张张萎靡的面孔，都浮现在我们的脸庞上。也许正是因为这样，超脱于这张面孔之外，最终形成了一条没有尽头的走廊，我们的祖先排成一排，一个挨在一个的身后。他们只是等待着，转向活着的人，一言不发，一动不动，目光安然，眼睛紧紧盯住一个日期。妈妈住的地方，可以说是避难所——一间昏暗的小屋，她干瘪的身体就像最后一件手提行李。很多时候，我都会想，人这一生的故事如此漫长，可身体怎么会随着年老越变越小呢。祖先们全体面朝我坐着，围成一圈，他们的面部表情都浓缩成了一个样，那架势就像要审判或是质问我是否有女朋友了一样。我不知道妈妈多大年龄，她也从不关心我多大。独立战争之前，我们日复一日地过着日子，从来不知道今夕何年，生活里满满的都是生孩子、传染病、闹饥荒之类的事情。我的外祖母死于斑疹伤寒，这段往事持续了一年，足够写满一本台历了。我想，我爸爸是某一年的十二月一号离开家的，从那以后，这个日期便成为了衡量我内心温度的标准，说句实话，它意味着严寒的开始。

你想知道实情吗？如今，我很少去看望妈妈了。她住在苍穹下的一间屋子里，那里游荡着一个亡魂，栽着一棵柠檬树。她把屋里的每个小角落都打扫得干干净净，以此度日。她将痕迹都擦拭了去。谁的痕迹，什么痕迹呢？好吧，是我们之间的秘密的痕迹，那个秘密封存在一个夏夜，它使我一下子从男孩儿变成了男人……别急，我这就讲给你听。妈妈住在一个叫做哈朱特的小村落里面，这个小村落以前叫做马伦戈，距离首都七十公里远。我的后半段童年和一部分青春时光，都是在那里度过的。之后，我到阿尔及尔上学，做了一份工作（地区视察员），我回到哈朱特去做这份工作，日复一日的单调使我的思绪潜滋暗长。我和妈妈尽可能地与社会浪潮的嘈杂保持着距离。

再来看一下年表。我们离开阿尔及尔投奔到一个叔叔家去——在那不寻常的一天，我确定看见了朱碧妲。住在那位叔叔家也是白白受罪，他的家庭收留了我们，安排我们住在一间又脏又乱的小屋里，最后又把我们赶出了家门。之后，我们住进一间木板房，它就建在一个殖民农场的空地上；妈妈在那里做女佣，什么活儿都要做，而我呢，我就是个打杂的童工。老板是个胖乎乎的阿尔萨斯人，我想，他最后一定是胖得喘不上来气把自己给憋死的。若是有人偷懒了，他就会骑在那人的胸脯上，严刑拷打。在他凸起的喉结中，躺着一具阿拉伯人的尸体，他将这具尸体狼吞虎咽地吞进肚子以后，这具尸体便横躺在了他的喉咙中，在死亡和软骨之中蜷缩成一团。在这个阶段，我记得有一位老神甫，他有时候会把我们带到家里吃饭，我记得我穿着妈妈用黄麻口袋给我缝制的外衣，也记得我们在重大节日时吃的粗面粉。我不想给你讲我的悲惨遭遇，因为在那个年代，只有饥饿，没有不公。每天晚上，我们都弹玻璃球，第二天，如果哪个孩子没来，那就说明他死了——其余的孩子继续玩耍。那是个流行病和饥荒肆虐的年代。乡下的生活很艰辛，它将城市生活所看不到的另一面展现出来，要知道，整个国家都要饿死了。我感到害怕，尤其是晚上，我怕男人——那些知道妈妈无人保护的人，害怕他们阴森的脚步。我靠在她的肩上，提心吊胆地挨过一个又一个夜晚。我真是接了我爸爸的班：打更人。

奇怪的是，在哈朱特周围辗转了几年之后，我们才找到坚固的壁垒。妈妈这是花费了多少心思，又是有着怎样的耐心，才找到这栋房子的呢？——也就是她一直住到现在的房子。我不知道。总之，她可以一下子嗅出家的气味，我知道她的味觉很灵敏。我会邀请你来参加她的葬礼的！在这所房子里，她成功地把自己打造成了家庭主妇，我靠她养活，等待着民族独立的那一天。实际上，这所房子很快就不属于殖民者一家了，我们迎来了独立战争后最初的日子。那所房子有三间屋子，墙是用彩绘纸糊上的；院落里一棵矮小的柠檬树望着天空。房子旁边有两个小仓库，门口是一扇木制的栅栏门。我还记得葡萄树沿着墙壁投下的影子和鸟儿叽叽喳喳的刺耳叫声。以前，我和妈妈住在毗邻的一间破旧小屋里，现在这间屋子被一个邻居用作杂货店了。我不愿回首这段往事，你知道的。说这些就好像是在祈求你的同情一样。十五岁的时候，我给各个农场干活。一天，天还没亮我就起来了，工作非常少，即使是离家最近的农场，也在三公里以外的村庄里。你知道我是怎样得到这份工作的吗？跟你招了吧：我扎爆了另外一个工人的自行车车胎，这样就能比他到得早，于是我取代了他的位置。是啊！都是饥饿给逼的。我可不想当受害者，但是，农场与殖民者的小屋相距几千米，我磕磕绊绊、步履沉重，踏着泥浆和滚动的沙粒，似乎走上几年都走不完，像是一场噩梦。我想，最后我们等上了十多年，才亲手拆掉这栋房子，宣布解放：这是我们的财产啦！是的，是的，像所有人一样，民族独立一开始，我们就砸烂了殖民者的大门，拿走盘子和烛台。然后呢？这可说来话长。我有点找不到头绪。

这房子的所有房间都很昏暗，屋子里的光线非常不好，就像是幽暗的灵棚一样。每隔三个月我都会去住上一晚，也会花一两个小时的时间去看望一下妈妈。之后，什么都没有再发生。喝上一杯黑咖啡便重新上路，到小酒馆去，等新消息。哈朱特的景色与你们的主角当年为他所谓的母亲守灵的地方一样。只不过多了几栋新水泥大房子，几个商店橱窗，到处都是沉重懒散的人群，其他的一切似乎都没变。我呢，我想念法国占领下的阿尔及利亚吗？才不呢！你不懂！我只想告诉你，当时，我们阿拉伯人给人感觉像是在等待着，并没有像今天这样行动起来。我熟识哈朱特和它周围的环境，甚至连路上最小的石子都非常熟悉。村庄变得更加广阔，却没有从前规整了。一幢幢未完工的别墅拔地而起，柏树和丘陵都消失不见了。田野里已经没有路了。何况，其实现在连田野都不复存在了。

我想，人活着的时候，在不离开地面的情况下，这里就是离太阳最近的地方。至少在我童年的记忆里是这样的。但是今天，我不喜欢这个地方了，我担心有一天我会不得不回来，将妈妈安葬在这里——尽管她看起来还并不想死。她这个年龄的人，已经把生死看得平淡了。有一天，我问了自己一个问题，一个你和你的伙伴永远都没有想过的问题，这样说来的话，它便是解开谜团的第一把钥匙。你们主角的妈妈埋葬在哪儿了呢？是的，就像他自己说的，在哈朱特，可是具体在什么地方？谁曾到那里去探望过？有谁按照书上写的，到他妈妈的坟前去看过？有谁仔细看过墓地石碑上的祭文？我感觉一个都没有。我去找过那座坟墓，可是从来都没有找到。这个村子里，有许多与杀人犯的妈妈相似的名字，可是依然找不到他妈妈的墓碑。是的，当然了，有一个解释还说得通：反殖民浪潮也把怒火洒向了殖民者的墓地，有时候可以看见小鬼头把他们讨厌的死人头骨当成球踢，这个我是知道的。在这里，这几乎已经成了一种风俗，殖民者逃走之后，通常会为我们留下三样东西：白骨、道路和语言——或者是尸体……只是我一直都没有找到他妈妈的尸体。关于自己的出身，你们的主角是不是也撒了谎呢？我想是的。这就是为什么在这样一个洒满阳光、长满榕属植物的国家，他会表现出奇迹般的淡然和不可思议的冷漠。也许他的妈妈并不是我们想象中的那样。我知道我说得有点儿多了，但是我保证我的猜想是有根据的。有关于葬礼的细节，你们的主角讲了那么多，几乎要把整个事件的概述演变成一个神话。看起来纯属杜撰，而不是肺腑之言。是一个完美的借口，而不是一场回忆。如果我能够证明我所说的都是对的，如果我能够证明你们的主角根本没有参加过他妈妈的葬礼呢，你觉得这意味着什么？几年以后，我问过哈朱特的当地人，没有一个人记得他妈妈的名字，没有人记得那个墓穴中的女人和阳光下的基督教葬礼。唯一能够证明这个故事不是一个借口的，是我妈妈，她还在家围着柠檬树打扫院子。

你想知道我的秘密吗？——更确切地说是我们的秘密，我和妈妈的秘密。好吧，在哈朱特的一个糟糕的夜晚，月色敦促我读完了你们的主角在阳光下写的书。他对每一个人借口说，是阳光和他母亲的死使他犯的罪。这是一个我不断挖掘的洞。上帝啊，我真的感觉糟透了！我看着你，暗自思忖着是否应该相信你。如果这个故事有从未出版过的另一个版本，你会相信作者的所作所为吗？啊，我很挣扎，我不知道。不，好的，不是现在，我们以后再看，也许是以后的某天。我们死去之后会去哪儿呢？我困惑了。我觉得你需要的是具体事实，不是随便一说，对不对？

穆萨被杀以后，我们依然住在阿尔及尔，妈妈把愤怒转化为了一场戏剧般的长长的吊唁，这博得了邻居们的同情，她出门走到大街上，混入到男人中去，到别人家去干活、卖香料、做家务，这些都变得合情合理，不会被人指手画脚。她身体中的女子已经死去，现在她有的是男子一般的多疑。那时，我很少能见到她，我经常一整天都在等她回来，她在村子里大步走着，调查穆萨的死因，所有她认识的人，认识她的人以及路上遇到的人，一九四二年都要再接受最后一次调查。几个邻居喂我吃饭，这是大病不起的人和将要辞世的人才会得到的待遇，街区里的孩子们望着我。我还挺享受这个“死者弟弟”的身份；实际上，一直等到我逐渐长大成人，当我开始学会读书的时候，当我了解到上天赋予我哥哥的不公平的命运，我才开始感觉到挣扎，他死在了一本书里。

哥哥消失以后，对于我来说，时间就变了一种模式。我生活在绝对自由当中，这种自由持续了足足四十天之久。其实，直到事发四十天之后，我们才为哥哥举行葬礼。教长的工作也一定受到了干扰。我们通常不会埋葬一个失踪的人……因为一直都没有找到穆萨的尸体。我渐渐了解到，我妈妈到处寻找穆萨，到太平间，到贝尔古的警察局，她甚至敲遍了所有的门。但都是徒劳。穆萨消失了，以一种无法理解的完美方式消失了，他绝对是死了。这里有沙石和海盐，有过两个人，他和杀他的人，只有他们两个。我们对凶手一无所知。他是“外乡人”，在阿拉伯语中叫欧洲佬（el-roumi）。我们街区的人给我妈妈看过报纸上凶手的照片。但是，由于丰收的粮食屡遭掠夺，他成为了所有胖墩墩的殖民者的化身。这个人除了嘴角叼了一支烟以外，也没什么特别，他的身影很快就会被遗忘，并与他的同胞混为一谈。我妈妈也去过墓地，到那里去骚扰一下我哥哥的先辈们，她想要和你们的主角说说话，却只能在我们小屋的门垫底下藏着的报纸的一个角落找到他。徒劳无功。闲言碎语不断向她涌来，她把我哥哥的追悼会演变成了一部出色得让人惊叹的喜剧，并把这部作品至臻至美地打造成了一部杰作。她好像又当了一次寡妇，她将剧作商业化，把这种商业行为强加在同情她、靠近她的人身上，为了团结群众，她还臆造出一系列疾病，她头一疼，就能把整个部落的人都召集过来。她经常对我指指点点，我就像个孤儿一样，她会很快收回温柔，眯缝着怀疑的眼睛，用强势的眼神对我发号施令。傍晚，在热咖啡的时候，在铺床的时候，在猜测外面脚步是谁的时候，即使从很远的地方，从阿尔及尔最低处，从当时我们还无法靠近的那个街区传来的脚步声，奇怪的是，我被当成了死人，而我哥哥穆萨却被当作幸存者。我被宣判当了配角，因为我不能为她提供什么特殊服务。我感到活着是一种罪过，可又要对一条并不属于我的生命负责！看门人——就像我爸爸一样，我要照看另一个身体。

我还记得那场奇怪的葬礼。当时人山人海，大家一直讨论到深夜，灯泡和众多蜡烛把我们这些孩子吸引来，然后看到一个空荡荡的墓穴，听到一段读给失踪者的祷告词。在这一延期四十天的宗教仪式上，穆萨被宣告了死亡，宣告他被水冲走了。可他们还是会去完成这一荒诞的流程，这是伊斯兰教为溺水的亡灵准备的祷告，然后大家各自散去了，只留下我和妈妈。

早上，被窝里依旧有点冷，我瑟瑟发抖。穆萨死了有几个星期了。我听到外面嘈杂的声响——一辆自行车经过，塔乌依的咳嗽声，他因上了年纪而咳嗽个不停，椅子咯吱作响，拉起铁帘的声音。在我的脑海中，每一种声音，都对应着那一刻我想到的一个女人、一段年龄、一处忧愁、一种思绪，甚至是那天铺的床单。有人敲我们的门。几个女人来看望妈妈了，我对接下来的剧情已经谙熟于心：起先是一阵沉默，接下来开始哭泣，然后是相互拥抱；当其他人还在哭的时候，其中一个女人拉起屋子中间的帘子，她看看我，象征性地朝我笑笑，然后拿走一瓶咖啡粉或是别的什么。这一切会一直持续到中午。我享受着极大的自由，也忍受着被人视而不见的无聊透顶。到了下午，要用甜橙花上的露水浸湿头巾，绑在头上，在这场仪式之后，在没完没了的哼哼唧唧和一阵很长、非常长的沉默之后，妈妈想起了我，把我搂在怀里。但是我知道，她想要搂的其实是穆萨，不是我。我任由她摆弄着。

可以说，我妈妈变得很凶残。她养成了一些怪癖，比如说，经常彻底清洗全身，她去土耳其浴室越来越频繁了，然后从那儿头昏脑涨、哼哼唧唧地回来。她去西迪·爱代哈玛尼公墓的次数比以前多了好几倍——她都是周四去，因为周五是敬拜真主的日子。我还模糊地记得清真寺里绿色的布帘，散发着无限的光泽，混合着焚香的味道，令人窒息的女人哀怨的香气。这些女人为丈夫、丰收、爱情或是复仇而祈祷着。在这个灰暗而又温暖的世界，所有名字和语言都变成了低声的呼唤。想想这个女人吧：她被送出自己的部落，被送到了一个不认识她、还迫不及待地想要离开她的男人身边，一个死了儿子的母亲，而另外一个儿子又太安静、不愿跟她辩驳，这个当了两次寡妇的女人，为了生存不得不为法国佬卖命。她尝遍了生活的苦。我明白你们的主角为什么把问题一直纠结在他妈妈的身上而不是我哥哥身上了，我发誓，我更加了解他了。很奇怪，不是吗？我爱过我妈妈吗？当然。在我家，妈妈就是半边天。但是，我永远都不会原谅她对我的所作所为。在我的内心深处，我一直拒绝去体验哥哥的死所带来的痛苦，她似乎因此心怀怨恨，所以，她惩罚我。我身上带着一股抗拒的力量，她可以隐隐地感受到，也许是这样吧。

妈妈会做让鬼魂起死回生的大法，此外，她还能编造出无数个故事，让身边的亲人沉浸在其中，使他们沮丧无比。我的朋友，我对你保证，她虽然不识字，可是讲起我家和我哥哥的故事，肯定比我讲得好多了。妈妈编故事并不是为了骗人，她只是想改变现实，让搅乱我们世界的荒谬通通消失。穆萨的消失把她摧毁了，可同时，也使她形成了一种恶趣味，那就是无休止地吊唁穆萨。很长一段时间以来，没有一年妈妈不信誓旦旦地宣称要找到穆萨，无论是否还能听得到他的喘息声，或者，能辨认出他的脚印也好。很长一段时间以来，我都活在一种不可名状的耻辱之中——不久以后，这种屈辱感促使我学习了另外一门语言，这样就可以形成一道屏障，将我和我那狂热的妈妈隔离开。是的，语言。我用来阅读的那门语言，如今我写作的这门语言，一门并非妈妈母语的语言。而她所使用的语言，既丰富，又形象，活灵活现，可是随机性很强，由于不够严谨，还存在许多灵活善变的地方。妈妈的伤痛持续得太久了，她也学会了一门新的方言来发泄情感。讲这种方言的时候，她说起话来就像预言家，她会雇佣一些哭丧妇，把自己的生活完全沉浸在不幸之中：丈夫凭空消失了，一个儿子被水冲走了。我需要学习一门新语言。为了能够存活下来。这门语言就是我现在使用的语言。自从十五岁——我推断的十五岁开始，自从我们离开家乡到哈朱特去的那刻，我就变成了一个严肃认真的小学生。你们主角的书和语言渐渐地使我学会用另一种方式为事物命名，并且可以用我自己的方式为世界重新排序。

去叫穆萨，让他再为我们上一次菜，去吧。夜幕降临了，距离酒吧打烊只剩下几个小时了。时间紧迫。

在哈朱特，我发现树木和天空也近在咫尺。最终，一所学校接收了我，在那里也有几个像我一样的前殖民地的小孩。在这儿，我渐渐淡忘了妈妈，淡忘了她看着我长大和看着我吃饭时的不安神色，我就像一件祭品。这就是那诡异的数年。只有当我走在大街上，在学校里，或者在我工作的农场，那个我赚钱为自己买坟墓的地方，那个让我吃坏肚子的地方，才会有活着的感觉。妈妈和穆萨，都以他们的方式在等着我，我不得不解释清楚我的时间都去了哪儿，这样才不至于把家庭仇恨的刀磨得锋利。在我们的街区，我们的破房子被人看作凶宅，其他的孩子把我叫作“寡妇的儿子”。人们都害怕妈妈，怀疑她是不是犯了什么奇怪的罪，不然的话，她怎么会离开家乡到这儿来给法国佬洗碗？我想，我们到哈朱特的一幕对于他们来说一定很奇怪：一位母亲，胸口紧紧夹着两张报纸，报纸叠得那样仔细；一个低头看着脚的少年，几件寒酸的行李。那个杀人犯呢，这个时候，他应该差不多已经登上了荣誉的峰顶。那会儿是一九五〇年，法国女人穿着短小的花裙，她们的胸口有被太阳灼伤的印记。

给你讲讲哈朱特这个地方吧？给你讲讲我周围的人吧？我还记得马哈碧提一家人，他们是高原上的老奴仆，是从富饶的秘提达加迁徙过来的，他们在陵墓里举行仪式，摘葡萄，洗井。还有艾尔麦拉一家人，他们的姓氏可以直接翻译成“晒盐的男人”，他们是古老的马格里布的犹太人，他们的同族被苏丹斩首，不得不把其头颅放进盐里。还有谁见证过我的童年呢？那我就不知道那么多了，我断断续续地记着邻里之间的争吵，三番五次地丢掉被子和衣服。马哈碧提的一个儿子教会我如何在偷了东西之后倒退着脚步回家，这样，乡间的看守就不会沿着脚印的痕迹捉到小偷了！我告诉过你，这个时期，人们对于自己姓什么都非常模糊、不确定，就像他们也搞不清自己的生日。我曾经姓伍德·艾勒-阿萨斯，妈妈姓拉赫马拉，是“寡妇”的意思：那是一种没有性生活的奇怪境遇，更方便她没完没了地进行哀悼，她是死亡的老婆，而不是死者的老婆。

是的，今天妈妈还活着，可这使我变得彻底冷漠。我发誓，我很怨恨，可是我永远都不会原谅她。我是她的物品，根本就不是她的儿子。她不再讲故事了。因为穆萨已经不能被她肢解得再小。我还能一次次地想起她在我身体里的蠕动，想起有来访者的时候，她抢着说话不让我开口的样子，当她压抑不住怒火时的暴力、狠毒和疯子一般的目光。

我会带你去参加她的葬礼的。

夜幕刚刚降临，它使天空的头转向无限。没有阳光晃着你双眼的时候，你看到的其实是真主的后背。沉默。我不喜欢这个词，在这个词里，包含着各种各样嘈杂的声音。每一次世界安静下来的时候，总会有一阵刺耳的声音穿越我的脑海。你想再喝一杯吗？还是想离开这儿？做个决定吧。有时间的话就再喝点儿。再过几年，我所害怕的词语就会变成沉默和水。你瞧，瓶子里的鬼魂又回来了。我经常会在这里遇见他，他很年轻，四十多岁的样子，看起来很聪明，但似乎却与这个时代格格不入。是的，他几乎每晚都会来，像我一样。我坐在酒吧的一角，而他坐在另一端，靠着窗户。不要转过身去，否则他就会消失。

第四章

我说过，我们一直都没有找到穆萨的尸体。

于是，为了让穆萨转世重生，妈妈把这一艰巨的任务强加到了我头上。等我长得稍微强壮一点儿以后，她就让我穿上穆萨的衣物，尽管这些衣服对于我来说都太大了——他的内衣、衬衫、鞋子——直到穿坏。在阿尔及尔的时候，她不让我离开她的视线，不让我一个人走，不让我在陌生的地方过夜，也不让我一个人到海边去。去海边是尤其不可以的。妈妈使我对大海最最轻柔的浪花也感到害怕——以至于直到今天，海浪退去，踩在下陷的沙子上，也会让我感到是溺亡的开始。在妈妈的心里，她宁愿永远相信，是海浪带走了她儿子的尸体。于是，我的身体变成了穆萨的化身，而我最终也不得不在这无声的指令中屈服。这就是为什么我的身体会感到倦怠，这种倦怠在智力上得到了无限补偿，但是说实话，我却没有任何锐气。我经常生病。妈妈每一次照看我的身体，都会借机对我动手动脚，她对我的关怀中带着一丝……怎么说呢……乱伦的色彩。即使是最轻的抚摸，也会使我感到内疚，就像伤害到了穆萨一样。在我这个年纪本属正常的性冲动、性欲的萌发和心中潜滋暗长的性幻想都被剥夺去了。我变得沉默而羞愧。我从来都不敢去土耳其浴室，不敢去参加集体活动，冬天我穿着带风帽的长袍，以此避开众人的目光。我花了几年的时间，才与自己的身体、与我自己讲和。何况，今天我不也是这样的吗？活着就是耻辱，我的行为举止总是显得生硬不自然。我的手臂经常发麻，脸色灰暗无光，神情暗淡低落。我的觉很轻，睡眠质量很差，可真是打更人的儿子。——我害怕一闭眼睛，就会到另外一个世界去，那里没有我这个人，只用墨水记录着我的名字。对妈妈和穆萨尸体的恐慌，通通转移到了我身上。对于这样一个在母亲和死亡的夹缝中生存的少年，你还能指望他做些什么呢？

我还记得那些日子，我陪妈妈到阿尔及尔的大街上，调查哥哥的失踪。她脚步匆匆，我跟在她的身后，我的眼睛紧紧盯着她的长袍，这样就不会走丢。就这样，我们之间建立起一种滑稽的亲密，这也是她对我仅有的温柔。一旦收集到蛛丝马迹，她就把这些真实的信息同她前夜做的一小段梦编织到一起，用做作的、寡妇特有的语言讲给大家听。我一次次地看见妈妈用胳膊紧紧挟住穆萨的一个朋友，胆战心惊地走过法国人的街区，因为在他们的地盘我们属于入侵者，她呼喊着这场案件的目击者的名字，他们的名字都很奇特："萨巴尼奥利"，"艾勒-邦迪" 等等。她喊的是 "傻叉马诺" 而不是 "沙拉马诺"，这就是你们的主角说的那个有狗的邻居。她想要雷蒙的脑袋，雷蒙又叫做 "芮蒙"，他从来都没有出现过，我怀疑这个人是不是真的存在，他是我哥哥的死的罪魁祸首，也是这里混乱的风俗、娼妓和贞操的始作俑者。这就好比说，最后我开始怀疑犯罪时间，怀疑是否有盐飘进了杀人犯的眼睛，有时候我甚至怀疑我哥哥穆萨是否真的存在过。

是的，我和妈妈形成了一个奇特的组合，我们大步走遍整个首都！很久之后，我哥哥的故事声名远扬，变成了一部名著，可它并没有为我们带来什么荣耀——于是，我和妈妈成为这个故事的牺牲品——我三番五次地回到贝尔库尔大街上，仅凭记忆的线索，像妈妈那样做着调查，一边仔细地查看建筑物的表面和玻璃，一边寻找线索。晚上，当我们疲惫不堪却一无所获地回到家的时候，邻居们都向我们投来迥异的目光。我想，在我们的街区，我们应该会博得大家的同情吧。一天，妈妈终于发现了一串模糊的踪迹：她就沿着这串踪迹所指引的方向走了过去。一旦走出我们居住的区域，阿尔及尔就变成了一座可怕的迷宫；然而，妈妈却能够在这座迷宫里应对自如。她不停地走啊走，走过了一座墓地，一个露天市场，走过了几家咖啡馆，穿越过重重目光、喧哗和此起彼伏的车喇叭的鸣响，然后，她终于停了下来，盯着对面人行道上的房子看。那天的天气很好，我远远地跟在她的身后，气喘吁吁，因为她走得实在太快了。这一路上，我都能听见她嘟嘟哝哝的咒骂和恐吓，祈求着真主和她的祖宗，或许是真主的祖宗，谁知道呢。我能够隐隐地感觉到她的激动，我也不太清楚这到底是为什么。那栋房子只有一层，窗户都是紧闭的——没有什么其他显著的特征了。大街上的法国佬向我们投来不信任的目光。我们良久地沉默着。过了一个小时，或许两个小时，妈妈走过马路，毅然决然地敲响那扇门，她当时根本没有顾及我在做什么。一位法国老妇人来开门了。因为逆光，这位老妇人看不太清楚她的交谈者，但是，她用手挡在额头上遮阳，老妇人仔细地打量着妈妈的脸，我在她的脸上看到了不安、不解，最后是恐慌。她的脸色变得通红，在她的眼神中闪烁着恐惧，她似乎随时准备放声大喊。我知道，妈妈对她漫长的咒骂，一定是她前所未闻的。她开始朝楼梯的平台上退缩，试图推开妈妈。我为妈妈感到害怕，也为我们感到害怕。突然，这位法国妇人昏倒在台阶上，不省人事。人们纷纷停下脚步，我分辨着身后的倒影，到处都是三五成群的人，有人喊：“叫警察!”一个女人用阿拉伯语向妈妈喊道：“快点儿，跑啊，快跑。”这时候妈妈转过身来，似乎是对全世界的法国佬呐喊：“大海会把你们都带走的!”然后，她突然抓住我，我们像疯子一样跑了起来。一回到家，她就陷入沉默。我们还没吃饭，过一会儿就要饿着肚子入睡了。片刻，她对邻居们解释道，她找到了杀人犯长大的那栋房子，她辱骂了他的祖母。“或许是他的一个亲戚，或者至少，是一个像他一样的小法国佬。”她补充说道。

杀人犯住在一个离大海不远的街区，但是几年之后，从某种程度上来讲，其实他便居无定所了。他确实有过一栋房子，咖啡厅楼上的那层已经开始下陷了，这栋房子前面有几棵庇荫的大树，但是窗户始终紧闭着，所以我觉得妈妈谩骂的那位不知名的法国老妇人和我们的故事一点关系都没有。在独立战争过去很久之后，一位新房客打开了百叶窗，最后一丝神秘也随之烟消云散了。我说这些是为了告诉你，我们从来都没有见到过杀人犯本人，没有注视过他的眼睛或是搞清楚他的杀人动机。妈妈逢人就问，这最终使我感到羞耻，因为她就像在乞讨，而不像在寻求线索。她所做的这些调查，就像是为了抵御痛苦而举行的仪式；她来来回回地出入法国城，尽管这样的行为既不合时宜，也通常意味着漫长的征程。我还记得那天，我们最终走到了海边，大海是这个案件的最后一位目击者。天空阴沉沉的，在离我几米远的地方，是我们家族最大的对手，它用蓝色的热浪席卷去阿拉伯人的尸体，将农作物淹没掉。它真的是我妈妈的名单里的最后一位目击者了。到海边之后，她呼唤着西迪·阿卜杜的名字，也呼唤了几次真主，她命令我离浪潮远一些，然后坐在地上抚摸着疼痛的脚踝。我就待在她的身后，一个面对一桩漫无边际的案件和广袤无垠的天际的小孩儿。记录下这句话吧，我坚持要你这样做。我感觉到了什么？什么都没有，只有拂过我皮肤的风——这时已经入秋了，距离我哥哥被杀已过去了一个季节。我感受到了盐，看见了浪潮浓重的阴郁。就是这样。大海就像是一面镶着柔软的、波动的边框的墙。远处的天空漂浮着厚重的白色云朵。我开始在沙滩上拾东西：贝壳、玻璃碎片、瓶塞和幽暗的海藻。大海什么都没有告诉我们，妈妈最终虚脱在了海滩上，就像是哭晕在坟前一样。最后，她重新站了起来，神情专注地向右看了看，然后又向左看了看，然后歇斯底里地喊道："真主会惩罚你的！"然后就像往常一样，牵起我的手，把我拉到沙滩外。我跟着她走了。

因此，童年的我就像是一个还魂者。当然，我也有过一些幸福时光，但是跟这些漫长的吊唁相比，它们还有什么意义？我想，你耐着性子来忍受我这自命不凡的独白，可并不是想要了解我的幸福时光。此外，是你来找我的——我暗自琢磨着你是怎样找到我们的！你来到这里，是因为你与曾经的我一样，相信能够找到穆萨或者他的尸体，想确认凶杀地点，想向全世界宣告你的发现。我理解。你呢，你想要找回那具尸体，而我，却想从中解脱出来。我并不是唯一一个这样想的人，相信我！只是穆萨的尸体至今依然是个谜。在那本书里，关于穆萨，只字未提。这是对这场激起民愤的暴力事件的否认，你不这样认为吗？从子弹射出去的那一刻起，凶手就转过身，朝着一个谜团走去，他觉得这个谜团比一个阿拉伯人的生命更加有趣。他在眩晕和殉难者之间，继续开路。我哥哥佐德，被小心翼翼地从这个场景中摘了出来，我不知道他被寄放在了哪儿。大家既没有看见他，也不认识他，只知道他被杀了。相信我吧，上帝一定是把他的尸体藏进了别人的身体里！在审讯中，在警察的笔录里，在书中，在墓地上，都没有我哥哥的任何痕迹。什么都没有。有时候，我会在狂想中渐行渐远，更多时候，我会迷失在其中。也许是我，该隐，杀死了我哥哥。在穆萨死去之后，我无数次地想要亲手杀了他，好让自己从他的尸体中解脱出来，也好找回妈妈那逝去的温柔、找回我的身体和意识……依然是一桩怪事。明明是你们的主角杀了人，而我却产生了犯罪感，我注定要四处漂泊……

最后一桩记忆，是每个星期五我们都会到巴-艾勒-伍德的山顶，去拜访冥世的穆萨。我说的是艾勒-凯塔尔公墓，这个公墓又叫做“芳香者”，公墓附近有一个古色古香的茉莉花蒸馏厂，因此得名。每隔一周的周五，我们都会到穆萨空空如也的墓地去祭拜。妈妈哭哭啼啼的，我觉得这样做既不合适，也很奇怪，因为墓穴里什么都没有。我还记得生长在这里的薄荷，树木，蜿蜒的小路，她洁白的长袍和头顶蓝蓝的天。街区的所有人都知道这个墓穴是空的，只有妈妈用祷告和夸大其词的故事把这个洞穴默默地填满。我的生命就是在这里复苏的，相信我。就是在这里，我清醒地意识到：在这个世界上，我也有彰显自己存在的权利——是的，我有权利这样做！——这种荒谬的处境促使我把自己这具尸体运到山顶，然后再从山顶滚下来，周而复始，没有终结。那些日子，那些蹲守在墓地的日子，便是我祈祷可以转身直面世界的最初时光。今天我给你们讲述的，是最佳版本。我在这里，隐约察觉到一丝性欲。这怎么讲呢？光线的拐角，天空是生机勃勃的蓝，微风也撩拨着我的情欲之火，我开始不满足于吃饱喝足带来的快感。你还记得吗，那时候我还不满十岁，还是个依偎在妈妈胸膛上的娃娃。这片墓地对于我来说是一片充满魔力的游玩之地。妈妈从未想到会有那么一天，我会一边无声地呐喊着让穆萨还我安宁，一边毅然决然地把他埋葬在那里。确切地说，埋葬在艾勒-凯塔尔，那是阿拉伯人的公墓，如今那里很是脏乱，住着一些流亡者和酒鬼，有人跟我说，墓地的大理石每晚都会遭窃。你想去那儿吗？去了也是白搭，你既见不到人影，也看不到预言家约瑟夫挖井那样挖掘坟墓的情景。找不到尸体，一切便都无从证明。妈妈没有从中得到任何好处。她既不能在独立战争之前找到借口，也不能在独立战争之后获得补助。

实际上，我们要从故事的开端重新梳理一下，但是，是通过另外一条途径，比如说——书籍，确切地说是通过一本书——你每晚都拿到酒吧去的那本书。在它出版了二十年之后，我才开始阅读，我被作者华丽的谎言和他与我的生活奇迹般的交集给搅乱了。这个故事很奇怪，不是吗？让我们来回顾一下：我们有两份供认书，都是以第一人称的口吻写的，没有别的什么可以控告默尔索了；他的妈妈从来都没有存在过，对于他来说更是如此；穆萨是一个随机死去的阿拉伯人，与他成千上万的同胞无异，或许死的是一只乌鸦或是一根芦苇也毫无差别，谁知道呢；海滩消失在一串串脚印与混凝土高楼中；除了一个叫做太阳的星体之外，再也没有其他证人了；原告是城市的建设者、几个不识字的人；最后，法庭的审讯就像是一场假面舞会，游手好闲的殖民者一贯这样处事。如果你在一座荒岛上遇见一个人，他对你说，他前一晚被人杀害了，他变成了一个“星期五”，那么你会怎样做呢？什么都不会做。

有一天，我在电影里看到这样一幕：一个人穿过长长的楼梯，向祭坛走去，应该是为了祭祀真主或是某位神灵，他被人割断了喉咙。他低着头，缓慢地走着，步履沉重，好像是筋疲力尽了，他萎靡不振，唯命是从，看上去好像已经灵魂出窍了。我为他对命运的顺从、他给人的消极感而震惊。毫无疑问，我们会觉得他是个失败者，而我知道，他的灵魂其实在别处。我知道，他背负着的，就像是一个包袱，他把自己身体的重量背负在了背上。这样说来，我与这个男人无异，与被献祭的恐惧相比，我觉得搬运工的疲惫更加让人沉重。

夜幕降临了。看看这座不可思议的城市吧，从另一个角度讲，它也是个奇迹，不是吗？我想，要想让我们的生存状况得以平衡，还需要有一些永恒的、有力量的东西。暂且不说那些大肆繁殖的老鼠和肮脏、不卫生、不断被粉刷的高楼，除掉这些，我还是很喜欢奥兰的夜晚的；在这个时刻，人们应该是在日常的琐事之外，尽情地享受欢愉吧。

明天你还会来吗？

第五章

我很钦佩你那狡黠的朝圣者般的耐心，我想我开始喜欢你了！我会抓住一切机会来讲这个故事……然而，这个故事就像是一个老妓女，因经历了太多男人而变得愚钝。这个故事就像是一张羊皮纸，被大家扯烂，晒干，又粗糙地修补上，从此上面的字迹变得模糊不清，这个故事也因此被人一再演绎——然而，你在这儿呢，就坐在我身边，你期待着我再给你讲些新情节，一些没说过的事儿。这个故事与你单纯意义上的调查并不相关，我敢肯定。如果想要照亮生活前方的路，你应该去找一个女人，而不是一个死人。

我们还喝昨天的那种酒好吗？我喜欢它的酸涩和清新。前几天，一位酿酒商向我讲述了他的悲惨遭遇。他找不到酿酒工人，政府说他是违法操作。就连国内的银行也都不给他贷款！哈哈！我总在想：这档子事儿跟酒有什么关系？这种饮料既然要大量流向天堂，为什么还要把它妖魔化呢？为什么酒在人间要遭到禁止，而在天堂却可以畅通无阻呢？禁止醉驾。也许人们遨游在宇宙之间、手握天空的方向盘的时候，真主并不希望人们喝酒……好的，好的，我同意，尽管这个论据似乎有点含糊。我喜欢胡言乱语，你很快就会知道。

你呢，你还在寻找着尸体、写着书。可你要知道，我很了解这个故事，了解得不只是一星半点儿，可是对于地理知识我却一无所知。阿尔及尔只是我头脑中的一个幻影。我从来都不去那儿，有时候能在电视里看到它，它就像是一位艺术品位过时了的革命派老演员。在这个故事里并没有涉及地理知识，所有的一切都可以用这个国家的三大地点来概括：城市——这座城市，抑或是另外一座；山峰——那是我们遭到袭击或者要发动战争时的藏身之所；乡村，每个人的祖先都睡在那儿。每个人都想找个村姑或是城里的妓女。只要透过酒吧的窗子，我就能通过这三个地点，把当地的风土人情整理归类。所以，当穆萨走向山峰，同真主共话永恒的时候，我和妈妈已经离开城市到乡下去相聚了。就是这样。在我学会阅读之前，在妈妈一直搂在胸前的那截关于穆萨 / 佐德的死的小报纸还没有突然变成一本署名的书之前，什么特别的事情都没有发生。想想吧，这是世界上阅读量最大的书籍之一，如果你们的作家能够略施恩惠，赐予我哥哥一个名字就好了，哈迈德，卡杜尔或者哈姆，一个名字就够了，老兄！这样的话，我妈妈就能够获得烈士家属的抚恤金了，而我就会有一个出名的哥哥，这样我在讲故事的时候就有得吹了。可是事实并非如此，他没有给我哥哥取名字，如果他给我哥哥取了名字，我哥哥就会给杀人犯叩问良心的一击：人们通常不会杀死一个有名字的人。

我们再来继续说。故事总是要重新开始，回到事情最本源的地方。一个法国人杀死了一个躺在荒芜沙滩上的阿拉伯人。那个时刻是一九四二年夏天的下午两点。五声连续的枪响之后便迎来了案件的庭审。杀人凶手因为没有好好安葬自己的母亲并因为说起他母亲的时候表现得冷漠而被判处了死刑。从技术角度来讲，这场凶杀要归咎于阳光和纯粹的游手好闲。一个叫做雷蒙的淫媒对一个妓女心怀怨恨，对于他的请求，你们的主角写了一封恐吓信，然后故事就演变为通过一场凶杀而告终。杀人凶手觉得阿拉伯人想要报复妓女，因而杀死了他，或许是因为他敢于在光天化日之下午睡吧。如果你听到我这样总结你的书，你一定都站不稳了吧，嗯？然而这却是赤裸裸的现实。其余的一切都不过是点缀，都是你们的作家聪明才智的产物。然后，再没有人关心这个阿拉伯人，关心他的家庭和同胞了。一出监狱，杀人犯就写了一本闻名遐迩的书，他在其中讲述着他是如何与上帝对抗，又是如何反叛一位神甫和荒诞的。从四面八方都可以回到这个故事中来，它不会挡住你的去路。这是一个有关于犯罪的故事，阿拉伯人并没有被杀——可是最终，他还是白白送了命，在没有任何罪证的情况下被杀了。他是这本书里的男二号，可是他既没有名字，也没露脸，更别提说话了。那么国际检察官先生，你明白了吗？这个故事是荒谬的！这是一个用白线缝合起来的谎言。再喝一杯吧，我请你喝。你们的默尔索在书中所描述的并不是世界，而是世界的末日。房产毫无用处，婚姻不那么重要，不冷不热的婚礼，退化了的味觉，人们好像坐在了不牢固的空箱子上，与病痛、腐臭了的狗紧紧捆绑在一起，写不出超过两句话，也说不出多于四个字。木偶！是的，是这样的，我词穷了。我想起了一个小妇人，一个法国女人，作家杀人犯有一天在饭店的大厅里发现了她，他把她描述得惟妙惟肖。蹦蹦跳跳的姿态，闪烁的双眼，面部表情抽搐着，为了账单而愁眉不展，动作就像木偶一样。我也还记得哈朱特城中央的大钟，我觉得这座挂钟和这个法国女人应该是一对双胞胎。在独立战争之前的几年，机械就出现了故障。

对于我来说，谜团越来越深不可测了。你瞧，我也背负着一个母亲和一桩命案。这就是命。依照这片土地上的信仰来说的话，在无所事事的一天当中，我也杀了人。我已经无数次地发誓不再讲这个故事了，可是我的一举一动都会把故事牵引出来，或者说，这是一种无意识的召唤。我在等待着像你一样的小小好奇者，好给他讲述这个故事……

在我的头脑中，世界地图是三角形的。地图的上端，是巴-艾勒-伍德，那是默尔索出生的房子。地图的下端，是阿尔及尔的海平面，这个地方没有具体地址，杀人凶手从来都没有来过这个世界。最后，在地图再往下的底端，便是海滩。当然，是海滩！如今这片海滩已经不复存在了，或者说它转移到了别处。目击者说，自从海滩消失了以后，就可以在这片沙滩的尽头看见一间小木屋。**这间房子背靠着岩石，支撑着这间房子前端的桩基已经被水淹没了。**案件发生之后的第一个秋天，我和妈妈就去过那片海滩，这里的平凡使我记忆犹新。嗯，我已经跟你说过那一幕了，我和妈妈走在海边，我因落在后面而受到了妈妈的责备，妈妈面朝大海，恶狠狠地咒骂着海浪。每一次走到海边的时候，我都会想起这一幕。起先有点害怕，心怦怦跳，跳得够快，之后感到一阵失望。有一种坐井观天的感觉！就好像是我们想要在人行道的一端暴虐地砸碎杂货店和理发店之间的伊利亚特餐馆一样。是的，犯罪地点实际上非常令人失望。依我看，我哥哥穆萨的故事应该发生在一片完整的土地上！从那以后，我头脑中疯狂的假设便开始潜滋暗长：穆萨不是在这片阿尔及尔著名的海滩上被杀害的！还应该另有一个隐秘的地点，一定是遗漏了某处情节。一下子，一切就都解释清楚了！为什么杀人犯在被判处死刑甚至在行刑了之后却又获得释放？为什么一直都没有找到我哥哥？为什么法庭宁愿去审理一个在自己母亲葬礼上没有哭的人，而不愿去审理一个杀死阿拉伯人的人呢？

有时候，我想在确切的犯罪时间到海滩上去挖掘。也就是说，在夏天，当太阳离地面很近的时候——太阳会使人发疯或流血，但是这些都没有丝毫用处。大海让我感到无所适从。我是那样惧怕浪潮。我不喜欢把自己浸泡在水里，海水会很快把我吞噬掉。“我的哥哥，他在哪儿？他为什么还不回来？大海对我说，他永远都不会再回来了。”① 我非常喜欢这首古老的歌谣。一个男人歌唱着他被海浪冲走的哥哥。我的头脑中闪现出重重影像，我想我喝得有点儿快。事实上，我已经去过海滩了。六次……是的，我去过六次了。但是我什么都没有找到过，既没找到子弹壳，也没找到脚印，也没找到目击者，也没看到岩石上风干的血迹。几年之间，一无所获。直到这周五——事情已经过去十年了。直到我看到他的那一天。在一块岩石下，离浪潮几米远的地方，我突然看到一个身影，它与倒影之间昏暗的角度模糊不清。我在海滩上走了很久，就要被光照或眩晕所击倒，我还记得那种想要栽倒在阳光下的感觉，我也想体会一下你们的作家所描述的那种感觉。我也喝了很多酒，我承认。太阳火辣辣地照射着，就像是天空的控诉。它那指针一样的光线照射着砂石和大海，但是它的力量永远都不会枯竭。某一瞬间，我突然知道我要去哪儿了，可是毫无疑

---

① 引自哈立德（Khaled）的一首歌。

问，那个想法是错误的。然后，在海滩的尽头，在岩石的后面，在沙土上，我发现了一个滚动着的小东西。我看到了一个男人，身穿烧锅炉的蓝色制服，不修边幅地躺在那儿。我看着他，既害怕又着迷，他似乎并没有看见我。我们两个人当中，肯定有一个人是鬼魂，影子是深层的昏暗，它有着山口般的清凉。然后……然后这一幕似乎转变为了曼妙的狂想。当我举起手的时候，影子也举起手，当我向旁边挪动脚步的时候，它转过身来，改变了一下支点。于是我停了下来，我的内心慌乱不已，随后我意识到我像傻子一样张着嘴，我身上既没有武器，也没有刀刃。我大滴大滴地流着汗，眼睛里火辣辣的。四周一个人都没有，大海依然沉寂。我很清楚那不过是一个倒影，但那是谁的影子呢！我发出一声呻吟，影子摇曳了一下。我被好奇牵引着，向后退了一步，影子也向后退了一步。再醒来时，我发现自己仰天躺在沙滩上，冻得瑟瑟发抖，被劣质酒灌倒在地。我倒退着走了十几米，最后倒在地上哭了起来。是的，我承认，在穆萨死后的几年，我才刚刚为他流泪。我试图在犯罪地点重新还原犯罪现场，却陷入了僵局，还遇到了鬼魂和狂想。我说这一切，都是为了告诉你，不必到墓地去，不必到巴-艾勒-伍德去，也不必到海滩去。在那儿，你什么都找不到。亲爱的朋友，我已经试过了。我一股脑儿地把这个故事讲给你听，这个故事就发生在你我以及像你我一样的人的大脑深处。在某种程度上讲，还不止于此。

我告诉过你，别去研究什么地理。

如果你同意我的观点，认为这本小说就像一个原创的故事，那么你就更加容易接受我的观点：该隐来到这里建造城市和公路，踏平土地，驯服人民并夯实了这座城市的根基。佐德是他的穷亲戚，他懒洋洋地躺在阳光下休息，他一无所有，甚至连一群羊都没有，这便不会使他心生贪欲并产生杀人动机。从某种角度上来讲，你们的该隐杀死我哥哥其实是一无所图的！甚至都不是为了偷走一头牲口。

我们应该就此打住，你已经有足够的素材来写一本好书了，不是吗？阿拉伯人哥哥的故事。另外一个阿拉伯人的故事。你上当了……

啊，幽灵，第二个我……他就站在你身后，喝着啤酒。我已经记录下了他的手段，他面无表情地向我们慢慢靠近。像是一只螃蟹。总是这个招式。第一个小时，他铺开报纸，仔细地阅读。然后，他把不同事件的相关文章剪下来——我想，是有关于凶杀案的，因为我朝桌子边缘垂下来的报纸上瞄了一眼，我看到了。随后，他边喝着酒，边望向窗外。然后，他身体的轮廓开始变得模糊不清，他变成了半透明状，几乎消失不见。就像是一个倒影。我们把他给遗忘了，当酒吧里挤满了人的时候，就很难看到他的身影。从来没有人听过他讲话。酒吧的服务员好像能猜出他想要点些什么似的。他总是穿着同一件带袖的旧上衣，宽大的额头上总是梳着同样的刘海，总是带着一副因睿智而冰冷的目光。他无时无刻不叼着烟。永恒的烟，通过细致缠绕的卷轴延伸向高空，使他与天际相连。这些年来，我虽然一直坐在他的身边，他却从来都没有看过我一眼。哈哈，我是他的阿拉伯人。或许，他是我的阿拉伯人。

晚安，朋友。

第六章

我时常偷走妈妈藏在柜子底下的面包，然后看她骂骂咧咧地到处寻找。在穆萨死去几个月之后的一天晚上，那时候我们还住在阿尔及尔，我等妈妈睡着，悄悄拿走了她存储箱的钥匙并把存放在那里的糖果几乎吃得一干二净。第二天一早，她发起疯来，低声发着牢骚，然后就开始以泪洗面地哭诉起命运的不公：老公不见了，一个儿子被杀了，另外一个儿子还残忍地看她的热闹。啊对了！我想起来了，有一次看她受着现实苦难的折磨，我居然感到一阵莫名其妙的窃喜。只有让她感到失望，她才能发觉我的存在。这就是命。这种联系比死去的穆萨更加深刻地把我们联系到一起。

有一天，妈妈想让我去街区的清真寺，管理清真寺的是一位年轻的阿訇，其实那里更像是托儿所。那时正值盛夏。妈妈非要扯着我的头发把我拉到街上，阳光火辣。我躲开了她那泼妇一般的吵闹，我骂了她。然后我抱起她为了哄我而给我的一整串儿葡萄跑了起来。跑着跑着，我踉跄地跌倒了，葡萄破碎在尘土里。我把身体里所有的眼泪都哭干了，最后，我狼狈不堪地到了清真寺。我并不知道自己当时是什么样子，但是当阿訇问起我为何如此悲伤的时候，我借口说一个孩子打了我。我想，这是我人生中撒过的第一个谎。这便是我从乐园偷水果的切身经历。因为从那时开始，我就变得狡猾，诡计多端，我开始长大。然而，我在夏日的一天撒了人生中的第一个谎。就像你们的杀人犯主角一样，无聊，孤单，依偎着自己的身影，转着圈儿，踩踏着阿拉伯人的尸体寻找世界的意义。

阿拉伯人，我从来都不觉得自己是阿拉伯人，你是知道的。这就好比说，如果没有白人迥异的目光，就不存在黑人一样。在我们的街区，在我们的世界，我们是穆斯林，我们有着自己的名字、脸庞和习惯。就是这样。他们是“局外人”，是真主派来考验我们的法国佬，但是无论如何，时间说了算：他们迟早有一天会离开，这是一定的。这就是为什么对于他们的到来，我们并不回应，保持着缄默，靠在墙上等待着。你们的杀人犯作家误会了，我哥哥和他的伙伴没动过一丝想要杀他们的念头，无论是他，还是他拉皮条的朋友。我哥哥他们只是等待着。让他们都离开这儿吧，杀人犯作家，拉皮条的朋友和他们成千上万的同类。我们都知道，甚至都不需要开口去说，打小时候我们就知道，他们最后一定会离开的。走过欧洲街的时候，我们甚至开玩笑指着那些房屋说要把它们当成战利品瓜分掉。“这栋房子是我的，我是第一个碰的！”我们当中的一个孩子喊道，其余的孩子们也哄抢着喊。你知道吗，那会儿我才五岁！尽管手无寸铁，但似乎那时的我们已经预感到独立战争会胜利了。

我哥哥在你们主角的有色眼镜下，变成了一个“阿拉伯人”，并且被杀害。一九四二年夏天，在那个被诅咒过的清晨，穆萨对我们说，他会早点儿回来的，我跟你说过好多次了。他说这话的时候我还有点儿不高兴。因为那样就意味着我在街上玩耍的时间变少了。穆萨穿着他的蓝色制服和绳底帆布鞋。他喝了些牛奶咖啡，盯着墙壁看，就像我们今天翻看他的日记本一样，然后他规划好在哪儿、几点钟要和朋友们见面，就一下子站起来。每天，或者说基本上每天都是这样：每天早上出门，当港口和市场没有工作了的时候，他就会长时间地闲暇。穆萨重重地关上他身后的门，只听妈妈问道："你会带面包回来吗？"他扬长而去，并不作答。

有一件事使我特别困扰：我哥哥是怎样到那片海滩去的？我们永远都不会知道了。接下来，当我们思考着一个人是如何在一天当中失去了姓名、失去了生命甚至连自己的尸体都找不到了的时候，这件事就像是一个无限的谜团，使人眩晕。从深层次上讲，是这样的，没错。这个故事，这个使我变得浮夸的故事，是这个时代所有人的故事。在法国佬那儿，在他们的街区，我们都是穆萨，但是只要到法国城里面走上几米就够了，被他们中的一个人望上一眼就足以失去一切，最先失去的，便是飘浮在风景死角中的名字。实际上，穆萨那天什么都没有做，从某种程度上讲，他只是离太阳太近了。他应该是去找了一个朋友，我还记得，一个叫拉比的人，他会吹长笛。此外，我们从来就没有找到过这个叫拉比的人。为了躲开我妈妈，躲开警察，躲开这些事情，甚至要躲开这本书里的故事，他从街区里消失了。他只留下了名字，那是一声奇怪的回响："拉比 / 阿拉伯人"。除了这个伪双胞胎以外，再没有其他没名没姓的人了……啊，不，还有那个妓女！我从来都不愿去说这件事，因为这才是真正的耻辱。这是你们的主角编造出来的故事。他有必要编造出这么一个可信度不高的故事吗——一个妓女和别人睡在了一起，她的哥哥想要为她报仇？我了解你们的主角的才智，只需在报纸上的一个角落看上一眼，一出悲剧就编出来了；看到一场火灾，他就可以点燃国王疯狂的情绪，但是我承认，他让我很失望。为什么偏偏是一个妓女呢？是为了侮辱、玷污穆萨的记忆，以此减轻自己的罪行？今天，我对此表示怀疑。我宁愿相信这个扭曲的灵魂是愿意这样做的，因此才描绘出这些抽象的角色。国土是想象中的两个女人的形状：众所周知的玛丽，她在不可思议的无辜的温室里长大；穆萨或佐德的妹妹，在行人和过客耕耘的土地上遥远的影像，最后沦落到被道德沦丧的、暴虐的皮条客所包养。她是一个妓女，她的阿拉伯哥哥要为她的尊严而复仇。如果你在几十年前就认识我，我一定会给你讲述一个有关妓女、阿尔及利亚的土地和到处肆虐着强奸和暴力事件的殖民地的故事。但是我于此保持着距离。我们从来没有过姐姐，我们家只有我和佐德，仅此而已。

我一遍又一遍不断地问自己：为什么那天穆萨会到那片海滩上呢？我不知道。闲得无聊，这是最简单的解释了，而归因于命运，就显得过于浮夸。总之，或许，下面的这个才是个好问题：你们的主角到这片海滩上来做什么呢？我说的并不仅仅是那天，而是很长一段时间以来！说实话，有一个世纪了。不，相信我，我可不是这样的人。我并不关心他是法国人而我是阿尔及利亚人，我只想知道为什么我的哥哥先去了那片海滩，而你们的主角也随后去找他了呢？重读一遍书中的这个段落吧。连他自己都承认突然遇上两个阿拉伯人让他有点儿不知所措。我想说的是，你们的主角并不一定非要走上这条游手好闲者的杀人之路。他开始声名远扬，他还很年轻，自由自在，有工资收入，他可以从正面直视问题。他本可以早些时候住到巴黎去，或者同玛丽结婚。可他那天到底为什么要去那片海滩呢？这件事情无从解释，这不仅仅是一场谋杀，也是这个男人的命运。一具尸体恢宏地描述着这个国家里的阳光，可他却被禁闭在冥世，那里既没有真主，也没有地狱。只剩下绚丽夺目的日常生活。那么他的一生呢？如果他没有被判处死刑，如果他没有写这本书，没有一个人会记起他来。

我还想要再喝一点儿酒。叫下他。

呃，穆萨！

如今，就像几年前一样，当我整理记忆开始写作的时候，我还是会感到一丝震惊。首先，海滩并不真的存在，其次，穆萨的妹妹只是一个隐喻，或者说，只是最后一刻蹩脚的借口，最后是两位证人：他们一个接一个地招认了所用的笔名，冒充的邻居，记忆还有案发之后逃之夭夭的人。在名单里，只有两伙人和一个孤儿。一伙是你们的默尔索和他的妈妈；另一伙是妈妈和穆萨；而我呢，我处于一个美妙的境地，我不是她们任何一个人的儿子，我坐在酒吧里喝着酒，试图引起你的注意。

这本书的成功地位依旧没有动摇，我可以想象得到你的热情，但是再跟你重申一遍，我觉得这里有一个天大的陷阱。独立战争之后，我越读你们主角的书，越觉得像是到了一场没有受到邀请的节日晚宴，我和妈妈却非要把脸贴在大厅的玻璃窗上往里面看，挤烂了脸庞。这里所发生的一切，都没有我们的踪影。没有我们的追悼会的痕迹，也没有在我们的生活中接踵而至的一切。什么都没有，朋友！整个世界都永远认同了这场烈日下的谋杀，没有人看到过什么，没有人看得到我们渐行渐远的身影。还是老样子！总有一些什么能够让我气不打一处来，不是吗？如果你们的主角仅仅满足于自我吹嘘一番，而没有写出一本书来不知道该有多么好！当时，跟他一样的人成千上万，可是他的才智使他犯下的罪行趋于完美。

你看，今晚鬼魂又没有来。已经连续两天没来了。他应该正在引领着亡魂们超度，或是在阅读着那些无人能懂的书吧。

第七章

不用了，谢谢，我不喜欢牛奶咖啡！我对这种混合物心存恐惧。

另外，我也不喜欢星期五。因为这一天，我通常会到公寓的阳台上去眺望街道、人群和清真寺。我觉得清真寺太过庄严，这会让人们看不到真主。我就住在那栋楼的第三层，我想，我已经住了二十个年头了。那里所有的物品都用坏了。当我倚靠在阳台上的时候，我就望着小孩子们玩耍，说得直接点儿，对于我来说，就像在看着崭新的一代，小孩儿总是要比老年人多得多，他们把老一辈人推到悬崖边上去。这么说很惭愧，但是每当看到他们的时候，我还是会心怀恨意。昨晚我睡得并不好。

我的邻居神出鬼没，每个周末，他的头等大事，都是声嘶力竭地诵读经文。没有人敢去阻止他，因为是真主让他这般叫喊的。我呢，作为这座城市最边缘的生存者，我更不敢去阻挠。他的声音里夹杂着鼻音、哀怨和卑躬屈膝的虔诚。我觉得他像是一个人在分饰着审讯者和罪犯两个角色。每当我听他朗诵经文的时候，总是会有这样的感觉。我觉得这不仅仅是一本书，也是一场天人之间的争吵！对于我来说，宗教就像是公交车，我才不会去坐。我想走近真主，如果必要的话，我会步行着去，但绝不是那种规划好的旅程。我想，自从民族独立之后，我就开始讨厌星期五。我还算是信徒吗？我直截了当地戳穿了这个有关于天空的问题：在所有讨论着我的处境的人们当中——天使，上帝，魔鬼，或是书本——自打很小的时候我就知道，只有我一个人了解痛苦，了解死亡、工作和病痛所意味着的责任。电费的账单要由我一个人来承担，最后我独自淹没在诗句中寻求解脱。所以，走开吧！这就是为什么我厌恶所有宗教和屈从。这样一位两脚从未落地、从未尝过饥饿的滋味、不曾了解人间疾苦的真主，你还愿意追随他吗？

关于我爸爸的事儿？我把我所知道的全都告诉你了。小学那会儿，我学着在笔记本上写他的名字，就像是写一个地址。只是一个姓氏而已，别无其他。再也找不到有关他的一丝痕迹，家里甚至连他的一件旧衣裳、一张照片都没有。妈妈从来都不愿意给我讲爸爸长什么样，他是什么样的性格，他有着怎样的轮廓，或是对我说起有关他的一丁点记忆。我没有亲叔叔也没有表叔，所以也就不能在任何人身上找到我爸爸的影子。一个都没有。孩子啊，我想过也许他和穆萨长得有点儿像，但是要比穆萨高大得多。他应该长得很魁梧，无比高大，生起气来震天动地，他坐在世界的边缘履行着守夜者的职责。我想，或许是倦怠和懦弱迫使他逃离开了我们吧。总之，或许我也是和他一样的人。我在成家之前就离开了家，因为我从未结过婚。当然了，我会意识到许多女士的爱慕之情，但是我从来都不会把我和妈妈之间的沉重的、令人窒息的秘密告诉她们。在单身了这么多年之后，我得出了以下的结论：在女人这方面，我总会在心中生出一种强烈的鄙夷。从根本上讲，我从来都没有信任过她们。

母亲，死亡，爱情，所有人都在这些迷幻的极点分头扮演着不同的角色，只是所付出的精力的轻重会有所不同。实际情况是，这些女人既不能使我从我妈妈那里、从我对她所表现出的无声的愠怒中得到解脱，也不能使我逃离开她那无时无刻不在追随着我的无处不在的目光。沉默就好。就像是在质问着我自己，为什么没有找到穆萨的尸体，或是我为什么要替他而活，或者我为什么要来到这个世界。说起女人，当时的廉耻观念还是很强烈的。得以靠近的女人很少，在哈朱特这样的乡村，不可能在大街上看到她们裸露的面庞，更别提跟她们搭讪了。在这里，我并没有表妹。在我的生命里，唯一一个听起来有点儿像爱情故事的，就是我和梅丽耶生活在一起的时光。她是唯一一个有耐心来爱我并把我拉回到生命中的人。我是在一九六三年春末夏初的时节认识她的，所有人都沉浸在独立战争的胜利所带来的狂喜中，我还记得她乱蓬蓬的头发，她那双充满激情的眼睛，那种眼神如今在我挥之不去的梦境里也还会时常出现。在与梅丽耶的这段往事之后，我意识到女人在我的生命中渐行渐远了，对于我来说，女人就像是我人生中走过的一段弯路，我本能地感受到，她们好像觉得我更像是别人的儿子，而不像是她们渴望的伴侣。我瘦弱的身躯也不会帮到我一分一毫。我不是在说我的身体不够强壮，只是与女人们猜想的、期待的男人身躯大相径庭。在女人的潜意识里，她们总觉得自己还不完整，如果男人没有很快为她们解答出青春年少时的困惑，她们就会拒绝与这个男人交往。梅丽耶是唯一一个敢于对抗我母亲的女人，她们之间从未相见，也未曾相互了解，只是她的言行与我的沉默形成了鲜明的对比。那年夏天，我和她见过十几次面。其他的时候我们就写信，几个月之后，她不再给我写信了，我们之间就这样结束了。或许是因为她死了，或许是嫁人了，或者换地址了。谁知道呢？我知道我们的街区有这样一位老邮递员，他有一个习惯：傍晚时分，如果还有没投递出去的信件，他就会把它们全部扔掉，最后他进了监狱。

这是个星期五。在我的日历表上，星期五是距离死亡最近的一天。人们乔装打扮，穿着奇装异服，穿着睡衣之类的衣服在街上闲逛，中午时分也还踩着棉拖鞋，就像是刑满释放的犯人一样，那天，大家对于礼节好像全然不顾。在我们心中，信仰，以熟悉的慵懒安抚着人心，主宰着每周五来来回回的壮观人群，就像是一群满面愁容、衣衫不整的人，向真主走去。你注意到了吗，人们的穿着越来越随意了。不经打理，不够优雅，不关心色调的搭配和变换。什么都不在乎。从前的那一代人就像我一样，也喜欢红头巾、马甲、蝴蝶结和闪耀的漂亮鞋子，可如今这样的人已经越来越少了。他们好像和公园一起消失不见了。又到了祷告时分，这是我最讨厌的时刻——从儿时起就讨厌，最近几年尤其讨厌。扬声器里传出伊玛目的声音，他的腋下夹着一卷祷告用的小毯子，清真寺的尖塔发出雷鸣般的声响，清真寺是一座炫目的建筑，信徒们走到水边，毫无诚意地净体、朗诵诗文，假惺惺地忙碌着。我来自巴黎的朋友啊，星期五，这般景象随处可见。几年来，这种场景几乎从未变过：邻居们一觉醒来，拖着脚步，动作迟缓，随后，他们蜂拥熙攘的孩子们接踵而至，就像是我身体上的寄生虫一样，我们一遍又一遍地清洗着崭新的公交车，在这永恒的一天，太阳徒劳地变幻着轨迹，对于宇宙中的任何事情都提不起兴趣的无聊感，几乎全部汇聚在身体上。有时候我会觉得，在不能去小酒馆的时候，这些人在自己的土地上便无处可去。那么星期五呢？星期五才不是真主的休息日，只是，这天真主决定离家出走，并且不再回来。我从人们祷告后留下的空旷声响中就可以知晓，从他们贴在祷告窗上的脸颊上就可以明了。从一些人对于这种荒谬的虔诚的恐惧中，也可以看到。而我呢，我不喜欢飘渺于天际的东西，我只喜欢有分量的东西。我敢说，我厌恶宗教。对于所有的宗教都是如此！因为它们违背了世界的重量。有时候，我真想挖开阻挡在我和我邻居之间的墙壁，抓住他的脖子对他怒吼：别再唉声叹气地读了，接受现实吧，睁开双眼正视自己的力量吧，不要再追随一位躲到天上、再也不会回来的真主了！看看那边走过人群、头戴面纱的小女孩，她还不懂得什么是肉体，什么是欲望。你要拿这样一群人怎么办？嗯？

每个星期五，所有酒吧都大门紧锁，我无事可做。人们好奇地打探着我，因为虽然年龄小，我却不祈求任何人，也不向任何人寻求帮助。因为那样做并不会使我感到靠近死亡，也不会感到走近真主。“原谅他们吧 / 我的神啊，他们都不知道自己在做什么。”我的整个身体，我的双手，紧紧抓住命运，我是唯一一个可以迷失的人，也是我生命的唯一见证人。至于死亡，几年来，我离它很近，可它从来都没有让我靠近过真主。它只会使我想要把意志变得更加强大，使我变得贪婪，使我自身的谜团越来越难以捉摸。所有人都排着队走向死亡，我却从那里归来，从另一个方面讲，可以说，这里不过是一片阳光下空旷的海滩而已。如果我和真主有个约会，但是半路遇到一个让我帮忙修车的人，那么我会怎么做呢？我是一个不中用的老好人，而不是朝圣路上的信徒。

当然了，在这座城里，我时常沉默着，我的邻居们不喜欢我的这种特立独行，他们想要我为此付出代价。每当我走过的时候，孩子们都不说话了，其他几个孩子小声咒骂着我的经过打扰到了他们，如果我转过身去，他们已经准备好随时溜走，胆小鬼。若是换做几个世纪以前，我的态度、我在公共垃圾箱里捡回来的红酒足以让我被活活烧死。如今，他们都躲着我。我对这群人和他们错乱的希望感到一种近乎神圣的遗憾。怎样才能够让他们相信，真主只跟一个人对过话，而且这个人永远都不会是你呢？我有时会翻一翻他们的书，在这本书里面，有费解的冗言，重复的篇章，哀诉，威胁和幻想，这些都让我感到是在听一个打更老头——在低诉。

啊，星期五啊！

酒吧里的鬼魂施法术让我们转过身来，好像是为了更好地听我说故事，或者说为了偷走我的故事，我时常暗自猜想，他周五的时候会去做什么呢？他会去海边吗？电影院呢？他也有母亲吗？他也有愿意拥之入怀的妻子吗？真是个美丽的谜，不是吗？星期五，天空通常就像是帆船下陷的风帆，商店都关了门，中午时分，整个宇宙都遭到了背叛的侵袭，你注意到了吗？我在无形之中犯下了一个错误，这种感觉占据了我的心。在哈朱特，我经历过那么多这般可怕的日子，经常也会有一种被永远困在荒芜的火车站的感觉。

十几年来，我从阳台高处看着人们自杀，重新站起来，长久地等待着，纠结着什么时候离开，摇头否定，自言自语，像困惑的旅客一样惊惶地翻着兜，望着天空中的时间，然后在一种奇异的崇拜中败下阵来：挖一个坑，躺进里面，这样就能更快见到他们的真主。如今，我无数次把这位真主当做一个普通人来看，我拒绝和他过多交谈，与他保持着距离。我的阳台朝向城市的公共生活区域：那里有破损的飞机滑道，几棵消瘦的、歪歪扭扭的树，脏兮兮的台阶，随风起舞的塑料袋，挂着洗不出颜色的床单的花哨的阳台，蓄水池和抛面天线。我的邻居们熟悉的缩影，一一展现在我的眼前：一位留着小胡子的退役军人，孜孜不倦地洗着车，就像自慰一样；另一个人呢，留着一头棕色头发，眼神暗淡，小心翼翼地做着出租桌椅、碗碟、灯泡的买卖，无论遇到葬礼还是婚礼，他总是同一副神情。还有一位走着小碎步的消防员，他时常会打自己的老婆，黎明时分，他老婆常常会站在自家公寓的楼梯平台上，呼唤着母亲的名字，哭喊着请求丈夫的原谅，而最后总是以她把自己老公踢出门外而收场。除此之外再无其他，我的神啊！最后，像你说的那样，尽管近几年来你一直背井离乡，可似乎你已了解了这一切。

跟你说这些，是因为这些都是我的世界的一个侧面。另一个我时常在一个面朝炽热海滩，朝向穆萨消失不见的尸体，朝向头顶上方凝固的太阳的阳台上眺望，太阳下的人或是叼着一支烟，或是手持左轮手枪，我也不太清楚。我远远地望着这一幕：一个棕色皮肤的男人穿着一条稍稍有些长的运动裤，他的身影有些纤弱，好像被一股盲目的力量所束缚，这种力量使他肌肉紧绷——看起来就像是木头人一样。角落里，有一些小木屋的木桩，另一端，是一块封锁着这个世界的礁石。在这隽永的画面中，我就像玻璃窗上的无头苍蝇一样，跌跌撞撞，却没有办法进入其中。我不能把脚伸到画面中的沙地上奔跑，也不能改变万物的秩序。当我一次次地看到这个场景的时候，我会感受到什么呢？和我七岁时感受到的一样。我会感到一丝好奇，一丝激动，想要从画面中穿越过去，或是追随着一只引领我误入歧途的小白兔。我也会感到一丝忧伤，因为我没有看清穆萨的脸庞。也会有一丝恼火。常常也会有一种想哭的冲动。这些感觉渐渐老去，却不比皮肤衰老得快。等到我们一百岁、寿终正寝的时候，也许只会感到害怕，那种恐惧的感觉就像是六岁的夜晚，妈妈走过来熄了灯时那样。

在这一幕里，万籁俱寂，你们的主角与我杀的人一点都不像。他很胖，依稀的金色头发，轮廓很魁梧，总是穿着同一件格子衬衫。那么，我所说的人是谁呢？你会这样想。总是会有那么一个人的，我的老伙计。在爱情中，在友谊里，甚至在列车上，一个坐在你对面盯着你看，或是转身背对着你的人，总会使你愈加孤独。

在我的故事里，也有这么一个人。

第八章

我把手指按在扳机上，扣动了两下。两发子弹射了出去。一发射在他的肚子上，一发射在脖子上。总之，我一共开了七枪，我突然这样想，荒谬吧。(前五发子弹，早在二十年前就已经射出去了，它们要了穆萨的命……)

当时，妈妈就在我身后，我感到她的目光就像是一只推着我后背的手，那只手支撑我站着，牵引着我的胳膊，当我瞄准的时候，它轻轻地低下了我的脑袋。我刚刚杀死的那个人，脸上还挂着一丝诧异——他圆睁着眼睛，惊悚扭曲地张着嘴。远处有一只狗在叫。屋前的树木在幽暗、闷热的天空下微微抖动。我的整个身体都不能动了，就像是肌肉痉挛而变得僵硬了一样。枪托沾着汗水，黏糊糊的。当时是晚上，可是一切都清晰可见。因为头顶便是闪闪发光的月亮。我们离月亮那样近，好像轻轻一跃就可以高耸入天一样。那个男人擦去最后一滴恐惧的汗水。他的汗水多得可以淹没整个地球。然后就会身陷泥潭难以自拔。我想，他死后，他的尸体一定会像其他物质一样分解掉。从某种程度上来讲，我凶残的罪行也会随之消解。这并不是一场凶杀，而是一场回归。我还在想，像我这样一个身份不明的人，我又不是穆斯林，所以对于我来说，杀人是未尝不可的。但是我马上意识到，这只是一个懦弱者的托词。我想起了他的眼神。我想，他甚至都不会怪我，但是他盯着我看，就像是盯着一件突如其来的静物一样。妈妈一直站在我身后，从她的呼吸中，我就能感受到她的宽慰——她的呼吸突然变得平缓而温和。而以前，她的喘息声更像是“呼啸”（“自从穆萨死了之后”，一个声音对我说）。月亮在看，她也在看；整个天空看起来就像是一枚月亮。月亮减轻了地球的重量，在月亮上，微热的温度也会迅速下降。幽暗地平线上的狗，又一次叫了起来，这一次它叫了许久，几乎要把我从混沌的状态中给拽出来。一个人这么轻易就死了，我感到很荒谬，我用一种戏剧般、甚至是喜剧般的方式为我们的故事画上了句点。我的内心是震耳欲聋的狂乱，太阳穴跳动不已。

妈妈没有做出任何举动，但是我知道她对整个宇宙都放松了戒备，她准备卷起行李去安度应享的晚年。这些是我的直觉告诉我的。我感到右侧腋窝下的肌肉开始结冰，右面的胳膊也拿不稳东西了。“事情可能又要变得跟从前一个样了”，有人说道。这个声音在我的脑海中回响着。也许是穆萨在说话。你杀人的那一刻，身体里的一个你会突然开始找借口，捏造一个托词，重新创造一个新版本，好洗清手上的斑斑血迹，然而却依然闻得到手上的尘土和汗水的味道。我呢，我并不需要担心。因为几年前我就知道，如果我杀了人的话，我不需要谁来救我，也不需要谁来评论或是质疑我。战争期间，没有人会杀掉一个确定的人。战争与凶杀不同，它是战役，是争斗。或者说在外面，在远离这片海滩和我们的房子的地方，确定有过一场战争，那便是解放战争，其他所有的罪行在它面前都显得微不足道了。在独立战争最初的日子里，法国人四处逃窜，他们被困于大海和失败之间，我们的人民狂喜不已，他们重新振奋起来，站到炉火前，他们再也不用躲在岩石后面午睡了，并且，他们也开始杀人了。我的借口已经够多了——但是我知道，在我的内心深处，其实并不需要借口。我妈妈要对此负责。再说，只不过是一个法国人的意识从自己的躯体中脱离了出来而已。从更深层次上讲，我感到了解脱，变轻，在我自己的身体里得到了自由，我的躯体上的这种感受，注定要以杀人而告终。突然间——开了枪！——我在广阔的空间和终将可能来临的自由中感到一阵眩晕，感到一阵温热潮湿，感受到了大地的性欲，感受到了柠檬树和温热的空气所散发出来的香气。我的脑海中闪过一个想法：我终于可以去看电影或是跟一个女人一起游泳了。

突然之间，整个夜晚都停滞下来，演变成一丝叹息——就像做爱之后那样，我发誓是这样的。我甚至差点儿呻吟起来，我全都想起来了，每当想到这一点，我都会感到一种不知从何而来的羞耻。我们也在那儿停留了许久，每个人都忙碌着，探索着永恒。这个遭遇不测的法国人，一九六二年夏天来到我们这儿避难，在杀了人之后，我的手臂就没有落下过，妈妈那洪水猛兽般的苛责也终于复了仇。这一切都发生在一九六二年七月独立战争停战之后，发生在世界的脊背上。

在这个炎热的夏夜，没有任何迹象表明会发生一场凶杀案。你想要问，在这件事发生之后，我具体感受到了些什么吗？如释重负。就像是获得了一项并不值得骄傲的功勋。我的内心深处总装着一些什么，也缠绕着我的肩膀，这些情绪使我双手捧着头，深深地叹了一口气，可怜巴巴的，眼含泪水。这时，我抬起头，环视了一下四周。我刚刚处决了一个陌生人的法庭竟然如此宽敞，我又一次被震撼到了。就好像是重重目光终于从我身上游移开，我终于能够呼吸了。然而，直到那时，我还一直封闭地生活在被穆萨的死所笼罩的阴影中和妈妈的监视下，我站立着生活在一片开阔的土地中央，这片土地也正是今夜这犯下杀人之罪的黑暗土地。当我的心再次归位之后，周围的一切又恢复了原样。

妈妈打量着她身旁的法国人的尸体，这时在她的头脑中已经测量好了要挖一个多大的坑才能把他埋掉。我的脑中闪过了些什么，然而妈妈却说了出来；她又重复了一遍，这次我想起来了。“快点！”她说话的语气坚硬而干涩，就像是对苦役犯发号施令一般。我们要做的，不仅仅是埋葬尸体，还有整理、清洁现场，就像剧场里演完了最后一幕剧时那样做。(要清理掉海滩上的沙土，把尸体埋葬在地平线以下深深的褶皱里，要推开那两个阿拉伯人曾经依靠过的礁石，并把它扔到山丘后面去，像击碎了一个泡沫一样轻而易举地销毁掉作案工具，然后拉开电闸，让天空重新点亮，让大海能够喘息，最后，回到自己的小棚屋，与这个故事中受到惊吓的人们汇合到一起。）啊，对了，还有最后一个细节。我要征服所有我生活过的时刻，重新调理一下机械，使受到诅咒的表盘上的数字与穆萨被杀的那一刻相吻合：十四点——佐德。我听见挂钟的部件发出整点的撞击声，之后又恢复了规律的滴滴答答。试想一下，我是在将近凌晨两点的时候杀死这个法国人的。从这一刻起，妈妈就开始自然老去，而不再是因仇恨而衰老，皱纹把她折叠了上千层，她脸上的祖先们似乎平静了下来，并且能够走近她，开始和她进行最初的交谈，这些交谈会伴随她一直走到生命的尽头。

那么关于我，跟你说些什么呢？我感觉自己又活了过来，尽管现在，我身上又要背负一具新的尸体了。我对自己说，至少，我背负着的，不再是自家人的尸体了，而是一个陌生人。这个夜晚，依旧是我们这个奇异家庭的秘密，这是一个由死人和从土地里钻出来的活死人组成的家庭。我们把法国佬的尸体埋在一小块儿土地里，就埋藏在我们的院落旁边。妈妈窥视着这一切，从那以后，她便有可能重获新生了。我们在月光下挖掘着。似乎没有人听到那两声枪响。那个时期，人们杀人如麻，我跟你说过的。在这个畸形的时期，人们可以肆无忌惮地杀人；战争结束了，但是经常有人意外身亡或是因遭到复仇而死去。然后，一个法国人就在城中凭空消失了。再没有人会谈及此事。至少在独立战争结束后的初期是这样的。

就是这样，现在你了解我们家庭的秘密了吧。我指的是你，和你身后那不忠的幽灵。一个又一个晚上，它离我们越来越近，我眼看着它靠近。或许它全都听到了，但是我无所谓。

不，其实我算不上认识这个我杀死的法国人。他挺胖的，我还记得他的格子衬衫、他的粗麻布外套和他的体味。那天夜里，凌晨两点的时候，一阵噪音引起了我们的注意，为了分辨那突如其来的吵醒我们的噪音的来源，我和妈妈走了出去。起初是一声沉闷的声响，接下来便是一阵沉寂，那沉寂却因此显得更加震耳欲聋，四处弥漫着恐惧的气息。他的皮肤实在太白了，即使隐藏在昏暗处，也使他暴露无遗。

我告诉过你，那天晚上，夜晚就像是一片轻飘的窗帘。我也告诉过你，在那个时期，人们杀人如麻。秘密军队组织和民族解放阵线在最后的时刻都冒了出来。这是一个混乱的时期，土地无主，法国人突然离开殖民地，他们的别墅都被抢占。每天晚上，我都要保持警惕，守护着我们的新房子，不能让强盗闯进门、也不要让小偷溜进来。房屋的主人——也就是说雇用妈妈的拉盖一家——已经躲起来三个月了。因此，依据现行法律，我们成为了这里的新主人。这所房子轻而易举地归为我们所有了。一天早上，从储藏室的小屋子里传来一阵叫喊声，挪动家具的声音，发动机的轰鸣声，紧接着又是几声叫喊，那是房东们所共有的一间屋子。那会儿是一九六二年的三月份。我依然待在这个地方，因为当时我还没有工作，几个星期以前，妈妈就颁布了一项史无前例的条款：我要待在她的管辖范围内。我见她去了工友们的家里，在那儿停留了一小时，然后流着泪回来了——但那是喜极而泣的泪水。她告诉我说工友们都要走了，我们要负责看管这栋房子。从某个角度上讲，在他们离开的期间，我们需要负责后勤工作。他们永远都不会再回来了。第二天天一亮，他们就走了，我们随即迁入新居。我永远都不会忘记这最初的时光。第一天，我们还不敢占用主卧，于是睡在了厨房，我们又高兴又紧张。第二天，我们探险般地潜入一间卧室，用手指轻轻触碰着那些让人叹为观止的碗盘。其他邻居也伺机而动，探寻着哪个地方可以破门而入、哪栋房子可以据为己有。这么做是要下定决心的，妈妈很明白该怎样做。她呼唤着一个圣人的名字，我并不知道那是谁，她邀请另外两个阿拉伯妇女过来，备好了咖啡，她捧着一只点燃的香炉到各个屋子里都走上一圈，并从一个柜子里找到一件外衣，递给了我。我们就是这样庆祝民族独立的：和一栋房子、一件外衣和一杯咖啡一起度过的。接下来的日子，我们一直心惊胆战，我们害怕房东会回来，也害怕被人撵走。我们的觉很轻，保持着警惕。我无法相信任何人。夜里，有时候会听到令人窒息的叫喊声，跑步的声音，喘息声以及各种各样不安的声响。房子的大门都是被撞碎的，有一天晚上，我甚至看见我们那里一个大家都熟知的游击队员朝着路灯开枪，并摸黑偷窃周围居民的财物，这样便可以逍遥法外。

还有一些法国人留在了这里，尽管政府承诺要对他们予以保护，但他们还是惴惴不安。一天下午，所有法国人都在哈朱特地区聚集起来，在教堂门口，在威严的市长旁边，站在大马路的正中间，为他们的两个被杀的小伙伴辩护，这两个法国人是被两个虔诚的穆斯林民兵所杀，或许几天前他们就和游击队汇合了。而最后提到的这两个民兵，在经过简短的程序之后，已经被他们的首领给处决了，但这并不能阻止暴力事件的发生。那天，我在市镇的中心寻找一家开门的商店，在那里，在结队走着的一小堆法国人中，我看到了当晚或是第二天，或是几天之后成为我受害者的那个人，具体我也记不清是什么时候了。他死去的那天穿的就是这件衬衫，他当时没有看任何人，迷失在一群焦虑地望着大街的法国人中间。所有法国人都期待阿尔及利亚相关负责人和他们所实施的公正早日到来。我们的目光迅速碰到一起，他垂下眼帘。我对于他来说并不算陌生，我已经在拉盖家附近的地方见过他了。有一位亲戚，或许是一位家属，经常去看望他们。就在那天下午，天空中的太阳又晃眼又厚重，难耐的高温扰乱了我的思绪。总之，走在哈朱特的时候，我加快了脚步，因为没有人可以解释清楚为什么我年纪轻轻，却没有加入游击队去参加解放国家的战争，去抓获所有的“默尔索”。我在一小堆法国人面前站了一下，然后便在烈日下走上了回家的路——天空下的道路缓缓地发出咯吱的声响，阳光干净利索，野蛮地炙烤着大地，可它更像是在缉拿某个逃犯。我慢慢地转身往回走，我看见那个法国人并没有动，他在那儿系鞋带，之后我就把他忽略掉了。我们住在村庄的尽头，在田野的分界线处，妈妈像往常一样等着我，她的脸色很纠结，就像是在承受着一个随时可能到来的坏消息。夜幕降临了，最后我们睡着了。

一声沉闷的声响把我吵醒了。我首先想到会不会是野猪或者是小偷。昏暗中，我敲了一下妈妈的房门，随即打开了门；她已经坐在了床上，像猫一样盯着我看。我轻手轻脚地拿出武器，武器藏在一条方巾里，方巾系着一个结。这武器是从哪儿来的？很偶然。我是两个星期前发现它的，它藏在库房的屋顶。那是一把老式的沉重的左轮手枪，散发着奇怪的气味，它的外形看起来就像是只有一个鼻孔的金属狗。我还记得它沉甸甸的分量，那晚，正是这重量吸引了我，并不是向着地面，而是向着昏暗的靶子。还记得我当时并没有害怕，然而整个屋子的气氛都开始变得诡异。当时是凌晨两点钟，只能听得见远方的狗叫，狗叫声划分着大地与昏暗的天空之间的边界线。那阵声响来自仓库，仓库里散发着一股怪味，我背着妈妈，跟随着那股气味，使出吃奶的力气抓紧她环绕在我脖子上的胳膊，等我到仓库的时候，我在昏暗中扫视着，突然看见了那黑影的目光，然后，我看见了他的衬衫和最初的面容，接着，他做了一个鬼脸。他就在那儿，被夹在两个故事和几面墙之间，属于我的故事是唯一的出口，而这个出口并没有给他留下任何生还的机会。这个男人费力地喘息着。当然，我还记得他的目光和眼睛。说实话，他并没有盯着我看。他就像是被我拳头里握着的沉甸甸的武器催眠了一般。我想，当时他一定是吓坏了，所以他既没有埋怨我，也没有责怪我要杀他。只要他胆敢动一下，“我就会把他打倒在地，让他面朝黑夜，脑袋周围鲜血淋漓。”(原著中为“那人被打进水里，头朝下栽，好几秒钟没有动静，只见脑袋周围有一些气泡冒出水面，又很快消失。”①) 但是他没有动，至少在一开始的时候没有动。“只要我让扳机转上半圈，这一切就都结束了”，心里的一个声音这样对我说，我甚至想都没想。但是当时妈妈也站在那里，她不允许我做出任何退缩，她强迫着我去做那件她的双手做不到的事情：复仇。

我和妈妈，我们俩什么都没说。我们两个人突然间进入了一种癫狂的状态。也许是因为我们同时想到了穆萨。是时候该和穆萨做个了断了，是时候体面地埋葬他了。就好像，自从他死了以后，我们的生活不过是一出喜剧，或者说像是一场不严肃的缓刑，我们只等着这个法国佬自己找上门来，等他重回犯罪现场——那个我们夺去并住下的地方。我向前走了几步，我感到自己的身体因犹豫而勃然大怒，我想要强化这种对抗力，因此向前又上了一步。然而，那个法国人却动了一下——或许他并没有动——他蜷缩在仓库最封闭的角落的阴影里。在我面前，一切都被阴影所笼罩，每件物品，每个角落，所有的弧线都被一种理性的混乱所凌

① 引自《局外人》，加缪著，柳鸣九译，上海文艺出版社，2015 年。——译者注

辱。他退缩了，昏暗吞噬了我仅存的人性，我只能看见他的衬衫，这衬衫使我想起了他早上空洞的目光——或许是前夜，我也说不清。

那两声枪响就像是打在拯救的大门上干脆的两拳。至少，我是这样觉得的。然后呢？我把他的尸体拖进了院子，然后就把它掩埋了起来。埋葬一个死人还真是不容易，根本不像电影和书里所描述的那样。尸体通常有活人的两倍那么重，并且对于向他伸出的手不会做出任何回应，他紧紧抓住最后一寸土地，把身体全部盲目的力量都贴在了地面上。这个法国人很重，我们没有时间了。在他那沾染了鲜红血迹的衬衫还没有被我们扯破之前，我将他拖到一米以外的地方。我手里还握着他衣服的一截下摆。我和妈妈交谈了两三句，她似乎已经走了神，对我的话一点都不感兴趣，从此以后，她遗留给我的世界，就像是一袭古老的装潢。我拿着一把十字镐和一把铁锹，在柠檬树旁挖了一个深深的坑，我是这个场面唯一的目击者。奇怪的是，当时正值盛夏，我却感到一丝凉意，然而，夏夜本该是那样的温热，就像一个期待了太久爱情的女人一样淫荡，我还想要继续挖，一刻也不停手、也不抬头。妈妈突然抓住他拖在地上的一小段衬衫，她用鼻子缓缓地闻了闻，这又使她回过神来。她的目光停留在我身上，几近惊讶。

然后呢？然后便什么也没有发生了。然而夜里，她的树木深入到星辰之中，月亮在太阳消失的地方映出了最后一道惨白，我们小屋的房门紧锁，不许时间进来，昏暗，是我们唯一一位失明的目击证人——然而，黑夜开始轻轻拨开迷惑，物体的棱角重新渐渐显现出来，最终得知结局的那一刻，我的身体几乎在盲目的幸福中颤抖着。我和尸体躺在院子里的同一块土地上，是我创造了这个夜晚，只要一闭上眼睛，它就会变得浓烈。还记得，当我再次睁开眼睛的时候，我看见了天空中更多的星辰，我知道我陷入了一个更大的梦境，这非常不公平，另外一个人永远闭着眼睛，他什么也不想看到，就和我一样。

第九章

我跟你说起这个故事，并不是笼统地想要祈求得到宽恕，也不是想让自己从不安的良知中解脱出来。才不是呢！总之，我杀人那会儿，在我们国家，真主并不像如今这般活灵活现，也不如今天这样有分量，所以我并不害怕下地狱。我只是感到疲倦，经常想要睡去，有时候还会感到一阵天旋地转的眩晕。

杀人之后的第二天，一切都一如往常。依然是那个火辣辣的盛夏，昆虫叽叽喳喳的叫声此起彼伏，头顶正上方的烈日像是躺在大地的肚子上。对于我来说，唯一一件有所不同的事，就是那种我跟你描述过的感受：犯罪的时候，我感到某处的大门，再次毅然决然地为我而关闭。对此，我的结论是，我已经被定了罪——然而，我既不需要审判，也不需要真主，更不需要化装舞会一般的司法程序。有我自己就够了。

然而，我是多么希望经历庭审啊！我跟你们的主角不同，我保证，我一定会带着刑满释放一般的狂热去接受庭审。我期待到那个坐满了人的大厅里去。妈妈也在大厅里，可最终她却不说话了，因为我们不会讲那门精密的语言，她迷茫地坐在长椅上，几乎认不出她自己的肚子也认不出我的身体。在大厅的后面，坐着几个失业的记者，我哥哥穆萨的朋友拉比，当然了，梅丽耶也会去，她会带上成千上万本悬浮在头顶的书一块儿去，那些书就像是被一张疯狂的目录标上了页码的蝴蝶。然后，由你们的主角扮演检察官，他会问起我姓什么、叫什么名字、家里都有什么人，这可是个独家新版本。约瑟夫也会来，也就是我杀死的那个人，还有我的邻居，那个声嘶力竭地念着经文的人，他会潜入我的细胞里，告诉我，真主会宽恕我的。场面会很滑稽，因为人多得无法看见法庭的末端。他们能指责我什么呢？指责我一直把妈妈照顾到过世？还是指责我活埋了自己才能让妈妈活得有希望？他们会说什么呢？会说我杀约瑟夫的时候没有哭？会说我在对着他的身体开了两枪之后还去看了场电影？不，当时电影院还不是我们的消费场所，而且死人实在太多了，根本哭不过来，我们能够给他们的，只有一个数字和两个证人。寻找法庭和法官都是白费力气，我一直都没有找到。

在我的内心深处，我比你们的主角生活得悲惨多了。我轮流描绘着一个又一个角色。一会儿描绘穆萨，一会儿是外乡人，一会儿是法官，一会儿是养着一条病狗的人，骗子雷蒙，甚至是嘲笑过杀人犯的吹长笛的人。总之，这个故事就像是一个遮遮掩掩的秘密，而我是唯一的主角。一出惊艳的独秀。在我们国家，外乡人的坟墓随处可见，杂草安静地丛生在坟头。整个美妙的世界七嘴八舌地议论着，只有万物相互推搡着，才有可能起死回生，才能进入世界末日和开庭之间的环节。我喝多了，喝得太多了！不，我没醉，我渴望庭审，在这之前，所有人都死了，我是最后一个等死的人。这是该隐和亚伯的故事，但是故事发生在他们的人性泯灭之际，而不是完好如初之时。现在你清楚多了，是不是？这可不是个关于道歉与复仇的寻常故事，而是一场诅咒，一个陷阱。

我只想回忆，我是那样强烈地想要回忆一场，我多么希望时间可以回溯到从前，回溯到一九四二年的夏天，在案发的那两个小时之内，我不会让任何阿拉伯人靠近那片海滩。或者审判我也好，是啊，我会在望向观众席的时候中暑晕倒。幻觉，飘荡在无限和我身体的喘息之间，而我的身体则被囚禁于监牢，用肌肉和思想冲击着墙壁和禁闭的感受。我恨妈妈，我恨她。实际上，是她犯下的这桩罪行。是她握着我的手、指使我犯罪的，穆萨握着她的手，以此类推，可以一直追溯到亚伯或者他的哥哥那里。我在探讨着哲学问题吗？是啊，是啊。你们的主角再清楚不过了，“凶杀”对于一位哲学家来说，是唯一有研究价值的好问题。其余的一切都是废话。我不过是坐在酒馆中的一员小将而已。夜幕降临了，星辰一颗接着一颗出现在天空上，夜晚赋予天空一种令人眩晕的深邃。我喜欢这种规矩的收场，夜晚召唤着大地向天空靠拢，并赋予大地一种黑夜般的无限深邃。我是夜晚杀的人，从那以后，我便也拥有了这份夜的广阔。

啊！你似乎被我的言语给吓到了。我是怎样又是从哪儿学到这些的？在学校。仅此而已。和梅丽耶一起学的。尤其要感谢梅丽耶呢，是她帮助我慢慢慢学会了你们主角的语言，是她使我发现了你公文包里那本奉为神物的书，我一读再读。法语，就这样成为一场棘手的、癫狂的案件的调查工具。同时，法语也像搜寻犯罪现场的放大镜一样。我用母语提出问题，梅丽耶就口头帮我翻译出来，我如饥似渴地读完了成百上千本书。我感到我离杀人凶手生活过的地方越来越近了，当他走向虚无的时候，我抓住他的上衣，把他拉了回来，让他盯着我的脸看清楚我是谁，让他跟我说话，回答我的问题，并且把我当回事儿：在我起死回生之前，他害怕得颤抖了起来，他对整个世界都说过，我死在了阿尔及尔的海滩！

我又回到了杀人这件事上，因为我没犯过别的罪，只有我在这间寒酸的小咖啡馆里所陈述的这一桩。你很年轻，可是你可以当我的法官、监察员、公众和记者……因此，在杀人之后，我所缺乏的并不是清白，而是对生命和犯罪之间的界限的认知。那是很难划分的一条界线。另外，还有杀人时我们所丧失的分寸。杀了人之后，我常常感到一阵不可思议的眩晕，几乎是神圣的眩晕，从某种程度上讲，我想通过杀人来解决一切问题——至少在梦中我是这样想的。我的受害者名单很长。首先，要从一个宣称自己以前是穆斯林民族解放运动战士的邻居开始说起，然而大家都知道，他是个骗子，还是个淫荡无耻之徒，可是他挪用穆斯林民族解放运动战士捐助金的事儿，倒是真的。他拴着一条失眠的狗，梳着一头棕色的头发，很瘦，眼中闪烁着疯狂的光，拖着一副单薄的身子骨来到我的城市。然后，是一个舅舅，每次开斋节，他都会在斋月之后住到我家来，几年以来，他一直承诺说要还清欠我们的旧账，可是从来都没有兑现过；最后，是哈朱特的第一位市长，他把我当成无用的废物，因为我没有像其他人一样去参加抗战游击队。在我杀死约瑟夫并且把他扔到井里之后，这种想法日渐清晰（井里，我只是这么说而已，其实我把他给埋了）。如果由着性子开上几枪就可以解决问题，那么为什么要忍受厄运、不公甚至是对敌人的仇恨呢？未受惩罚的杀人凶手身上，散发着一股懒惰的味道。但是，也有一些事情是不可挽回的：这场罪行永远夺去了我的爱情与爱人的能力。我杀了人，从此，生命在我眼中便不再神圣。从此以后，我对遇到的每个女人的身体都会很快失去吸引力，她们都不会为我带来纯粹的幻想。每次有冲动的时候，我都会想，活人才不会在硬物上休憩呢。我可以轻而易举地驱散这种感觉，我不能够迷恋它——它会使我堕落。我只是杀了一个人，却冷却掉了所有人类身体上的欲望。此外，我亲爱的朋友，《古兰经》中唯一一句回荡在我身体中的诗文便是："杀死一个灵魂，与杀死整个人类无异。"

你瞧，今天早上，我在一张过期的老报纸上看到了这样一篇热情洋溢的文章。故事里讲述了一个叫萨德胡·艾麦尔·巴哈提的人。你可能从未听过这位男士的故事。他是个印度人，他宣称三十八年以来，他一直把右胳膊举在空中。结果是，他的胳膊只剩下皮包骨了。他就那样举着胳膊不动，直到死去的那一天。其实对于我们每个人来说，或许都是这样的。对于一些人来说，他们高举着胳膊，是因为想要抱住爱人的身体，却紧紧环绕住虚无；对于另外一些人来说，也许不是胳膊，而是抱了孩子一生的手，是从未跨过门槛的抬起的腿，是紧咬牙关从未说出口的话，等等。从今天早上开始，我就为这个想法而着迷。这个印度人为什么一直都不肯放下手臂呢？从这篇文章上看，这个男人属于中产阶级，他有一份工作，一栋房子，一个老婆和三个孩子，过着寻常而又平静的生活。一天，他得到一份指示，他的神灵和他说话了。神灵指示他不停歇地迈着大步在整个国家走上一遭，右臂要一直举起，为整个世界的和平祈福。三十八年之后，他的手臂僵化了。我很喜欢这桩奇特的趣事，就像我跟你讲的那样：举起的手臂的故事。在海滩上的凶杀案过去半个多世纪之后，我的手臂依然高举，无法放下，它已变得僵硬，经受时光的侵蚀——枯死的骨头上包裹着一层干枯的皮囊。除此之外，我的整个身体都有这样的感觉，没有了肌肉，又僵直又痛苦。保持这种姿态并不仅仅意味着丧失了手臂，同时也说明我们在忍受着可怕的、无法挣脱的痛苦——尽管今天，这些痛苦都消失了。听好了，“这样做很痛苦，但是现在我已经习以为常了”，印度人说道。记者详细描述了这位受苦的人。他的手臂完全失去了知觉。因为固化在这种半垂直的姿态当中太久，他的肌肉最后萎缩了，他手上的指甲相互缠绕在一起。开始，我觉得这个故事很好笑，可现在我却觉得它很有分量。这是一个真实的故事，因为我经历过。我眼看着妈妈的身体在同样强健和不可逆转的姿态下变得僵直。我眼看着妈妈变得形容枯槁，就像那个男人盲目举起的、抵抗重力的手臂一样。此外，妈妈就像是一尊雕塑。我还记得，当她无事可做的时候，她就待在那儿，坐在地上一动不动，好像是掏空了一切活下去的理由。哦，是的！几年之后，我终于明白了她是有着怎样的耐心，明白了她是怎样扬起了阿拉伯人的风帆——也就是说，她终于等到了我拿起左轮手枪的那一刻，亲眼看我杀死了法国佬约瑟夫，并把他埋葬起来。

回来吧，年轻人。在坦白了罪行之后，往往会睡得更香甜。

第十章

在我杀人之后的第二天，一切都很平静。当我筋疲力尽地挖好了墓穴之后，我在院子里昏昏欲睡。咖啡的香气把我唤醒。妈妈哼着小曲儿！我记得很清楚，因为这是她第一次开口唱歌，虽然没有完全放开嗓子唱。我们永远都不会忘记这世界的第一天。柠檬树装作什么都没看见的样子。我真希望这一天永远都不要过去。这一天，我离妈妈，离她的温柔与体贴都那么近，然而这些都是她对小神童，对归来的游子，对漂洋过海归来的、浑身湿漉漉的、带着微笑的亲属才会做的事情。她为穆萨的归来而庆祝。她递给我杯子的时候，我很冷静，有一瞬间，她想要抚摸我的头发，我差点儿推开她的手。在抗拒她的那一瞬间，我知道，我再也不能容许别人的身体靠近我了。我说得夸张了吗？真正杀过人之后，你就会对此产生全新的、斩钉截铁的确信。读一读你们的主角身陷囹圄的那段篇章吧。我经常读起这个片段，在关于阳光和盐的杂乱的篇章中，这个段落是最有意思的。在监狱里，你们的主角提出了很多好问题。

天空是什么色的，这与我何干。我又回到房间里睡上了几个小时。将近中午的时候，一只手把我从睡梦中拎了起来。果然是妈妈，不然还能有谁？“他们来找过你了”，她对我说。她既不担心，也没有惊慌失措，他们不可能把她的两个儿子都杀掉，我很早以前就明白这一点。还需要几个次要的仪式，穆萨的故事才算真正讲完。我想，那会儿应该是十四点刚过几分钟。我出了门，走到小院子里，发现了两个空杯子，几只烟头，和踩在地上的脚印。妈妈跟我解释说，半夜的两声枪响引起了游击队的注意。街道上的几个人给他们指了指我们的房子，他们过来是想试探一下看看我们怎么说。两个士兵在院子里草草地环视了一圈，他们喝过咖啡，便开始询问起妈妈的生活状况和家庭情况。接下来的情节是怎样的，我猜都猜得出来。妈妈开始大出洋相，她跟士兵们动情地讲起了穆萨，最后士兵们拥吻了她的额头，还一边劝慰道，她儿子很英俊且已报仇，就像每年夏天十四点整的时候被法国人杀害的数百万人一样。"昨天夜里，有一个法国人失踪了"，他们离开的时候，对妈妈说道。"告诉你儿子，让他到市政府来一趟，上校想跟他谈谈。我们会把他放回来的，就是有几个问题想问问他。"妈妈顿了顿，盯着我，眯缝着那双小眼睛问道："你打算怎么办？"她放低了声音，补充道，她已经抹去了所有痕迹，不管是血迹，还是凶器。柠檬树旁边堆放着不少牛粪……这个晚上，一切都不复存在了，没有汗水，没有尘土，也没有回声。这个法国人消失得无影无踪，二十年前在海滩上，他们就是这样对待我们阿拉伯人的。约瑟夫是法国人，在当时的那个年代，我们国家到处都是死去的法国人，就像昔日阿拉伯人死得一样多。七年的解放战争已经把你们的默尔索的海滩演变成了战场。

对我而言，我知道土地的新主人真正想要我做的是什么。尽管我背负着法国人的尸体去自首，可是我的罪行用肉眼依然看不见，可这是另外一回事，我的直觉告诉我：这便是我的奇特之处。大局已定。我决定不在当天去自首。为什么呢？不是因为缺乏勇气，也不是出于深思熟虑，只是因为我的身体依然处于麻木之中。下午的时候，天空又恢复了传奇般的活力，我还记得这个日子。我感到轻飘飘的，与我心中其他的重量相互制衡，与空虚的感觉相适相安。我与穆萨的坟墓和约瑟夫的坟墓保持着同等的距离。你会知道我为什么这样说的。一只蚂蚁爬到了我的手心上。一想到我自己的人生，它存在的证据，它的温度，我就头晕耳鸣，它与死亡的证据形成对比，死亡只在距离我两米之遥的柠檬树下。妈妈知道她自己为什么杀人，并且她是唯一一个知道答案的人！她很确信，无论是我，还是穆萨或是约瑟夫，都与此事无关。我抬起眼睛望向她，我看到了她，她正倾着身子低头打扫着院子，与她头脑中死去的亲人或是她从前的邻居聊着天。在某一瞬间，我感到很同情她。我双臂上的麻木演变成一种令人心碎的快乐，我的目光追随着院落墙壁上缓缓移动的影子。然后，我又睡着了。

于是我昏睡了差不多三天三夜，昏昏沉沉的，中间醒来的几次，我甚至连自己的名字都不记得了。我就待在那里，一动不动地睡着，既没有想法，也没有计划，身体崭新而炫目。妈妈任凭我睡着，打起了耐心牌。每次当我回想起来的时候，我都觉得这几天漫长的睡眠很奇怪，然而在外面的世界，我们国家依然被解放的欢腾撕扯得支离破碎。成千上万的默尔索四处逃窜，阿拉伯人也是如此。这些对于我来说毫无意义。接下来的几个星期和几个月之后，我才渐渐发现毁灭和欢愉的力量是多么巨大。

啊，你知道的，像我这样一个对写书毫无兴趣的人，现在想要写一本书了。就一本。你错了，我可不是要写默尔索案件的复核调查，我要写些别的，一些更为私密的东西。是一篇关于消化的大论文。是这样的。那是一本关于烹饪的书，它把香料和形而上学、勺子和神灵、人民和肚子糅合到了一起。生食和熟食。最近有人对我讲，在我们国家卖得最好的书籍便是烹饪书。我知道其中的原因。然而，我和妈妈从我们的剧本中醒了过来，步履蹒跚，也许最后平静了下来，国家里其他的人呢，他们大口吞食着大地、残余的天空、房屋、电线杆、鸟儿和其他没有防备的物种。我觉得我们国家的人民吃饭用的不光是手，连其他所有器官也一块儿用上了：眼睛、脚、舌头和皮肤。所有东西都可以吃，面包，各式糖果，从远方进口来的肉，家禽和各种草本植物。但最后大家似乎厌倦了，这些东西也不再能够满足人们的需求了。我觉得他们需要一些更为强大的力量才能够与深渊相抗衡。我妈妈把这深渊叫做“无尾蛇”，而我呢，我觉得它会让所有人英年早逝，或者使我们从大地边缘的高处突然落入到虚无的境地。你看，好好看看我们周围的这座城和人民，你就明白了。这些年来，他们把所有东西都吃遍了。我们在海边捡到的石膏，圆润有光泽的石头，电线杆的碎石。经年累月，牲口已经变得没那么挑剔了，可能的话，它们甚至连人行道都要啃上几口。它们有时会一直走到荒漠的尽头——我想，这里只能让野生生命变得平淡无奇。几年以来，动物都已经不存在了，只能在书中找到它们的踪影。我们国家没有了森林，什么都没有了。巨大的鹳巢也消失不见了，栖息在清真寺和新盖的教堂的尖塔顶端的巢，少年时代的我从不去看。你看见那些房屋的楼梯平台，空空如也的房子，墙壁，殖民者存酒的旧洞口，破损了的大房子了吗？那便是一餐饭。我又混乱了。我本想要和你聊一聊世界的第一天，却发觉自己说起了世界末日。

我们说到哪儿了？啊，是的，我杀人后的第二天。于是，我什么都没做。就像我跟你说的，当人们瓜分着回到自己手中的不可思议的土地的时候，我正在睡大觉。那些天当中，我没有名字也不说话，我以一种前所未有的新视角看待人类和树木，超乎于它们平日的称谓之上，重新回归到了最原始的感受。我突然领略到了你们主角的才智：他把平日每天都会用到的语言撕扯下来，在王国的背面，衍生出一种更加震撼人心的语言，并且期待着用这种语言描述一个别样的世界。正是如此！你们的主角能够把杀害我哥哥的经过描述得那样好，那是因为他到了一个讲着他听不懂的语言的领地，这种语言在他的怀抱中更加有力，裸露的文字石块就像欧氏几何的形状，他毫不客气地将石块敲碎。我想，最终，伟大的风格便形成于此，他用一种朴素的精准讲述着故事，并把这种精准强加于你生命的最后几个瞬间。设想一下这个垂死的男人和他所说的话吧。这就是你的主角的聪明之处：他就像随时可能会死去一样描述着这个世界，就像他选择用词的时候需要屏住呼吸一样。他是个苦行者。

五天之后，我被送到哈朱特市长那里，参见了我们国家的五位新首领。在那儿，他们把我拦住，然后把我扔进一间屋子里，那屋子里已经有好几个人了——几个阿拉伯人（这些人要么是没有参加革命战争的，要么，或许是革命战争的幸存者），大多数是法国人；我一个都不认识，甚至连见都没见过。一个人用法语问我犯了什么事。我回答说有人指控我杀死了一个法国人，所有人都沉默了。夜幕降临了。整个晚上，臭虫折磨得我无法安眠，但是我有点习惯了。一缕阳光从天窗射了进来，把我给唤醒。我听见走廊的吵闹声，脚步声，狱警发号施令的叫喊。没有给我们送咖啡。我等待着。法国人凝视着几个在场的阿拉伯人；阿拉伯人便也回望过去。最后来了两个民兵，他们指了指我的下巴，狱警抓起我的脖子，把我拖到外面。他们把我押进了一辆吉普车，显然，他们要把我转送到警察局去，要把我单独关在监狱里。阿尔及利亚的国旗随风飘扬，格格作响。在把我送往警察局的路上，我看见妈妈站在马路的过道，身上裹着长袍。她停下来，好让车队过去。我对她浅浅地笑，可她却无动于衷。他们把我扔进一间牢房，那里面有一个供大小便所需的木制马桶，和一个铁质脸盆。监狱坐落于村子的中心，透过一扇小窗子，就可以看到树干上涂了石灰的柏树。一个狱警走了进来，他对我说有人要见我。我觉得会是我妈妈，果然是她。

我跟在沉默寡言的狱警身后，穿过整条没有尽头的走廊，最后我走到一个小房间里。那里有两个民兵，他俩对我们很冷漠。他们看起来很疲惫，筋疲力尽又僵直，眼睛里闪烁着疯狂的光，就像是在搜寻着隐形的敌人一样——他们在游击队的那几年所看管的敌人。我转向了妈妈那边，她的脸色低沉但是很平静。她坐在木制长椅上，又僵直又威严。我们当时所在的房间有两扇门：一扇是我进去的那扇门，另一扇门朝向另一条走廊。在那条走廊里，我看见两个身材矮小的老妇人，她们是法国人。第一位穿着一身黑，紧抿着双唇。第二位是一个胖女人，满脑袋的头发乱蓬蓬的，她看起来非常紧张。我还发现，在另外一个房间里，那个房间看起来像是办公室，文件夹敞开放着，地上落着几页纸张和一块碎玻璃。一切都很安静，有点太过安静了，静得我竟然说不出话来。我不知道该说什么。我与妈妈之间的话本来就很少，而且这么多人围在我们身边聚精会神地听着我们讲话，我们也不习惯。唯一一个靠近我们的人，我还把他给杀了。在这里，我没有武器。妈妈突然把身子倾向我，我很快向后缩，就像是有人要摸我的脸或是打我一拳似的。她讲话很快："我跟他说了，说你是我唯一的儿子，正是因为这样，你不能够参加游击队。"她顿了顿，补充说道："我跟他们说穆萨死了。"她说起穆萨的死的时候，依然像是发生在昨天，或者说，其他的日子都微不足道了。她解释说，她已经给上校看过了那两张记载着一个阿拉伯人被杀死在了海滩的报纸。上校半信半疑。报纸上连死者的名字都没有提到，没有任何证据能够说明她就是殉难者的母亲。另外，怎样证明穆萨就是唯一的那位殉难者呢？因为事情早在一九四二年就发生了。我对她说："真的是很难证明啊。"那个法国胖女人在很远处似乎极其专注地倾听着我们的对话。我想，所有人都在听吧。应该说，他们没有其他事情可做。我们聆听着外面的鸟鸣，发动机的声响和风的吹拂下似乎想要纠缠在一起的树，可是这个并不有趣。我不知道还应该补充些什么。"我没有像其他女人那般哭泣。我想，正是因为这样，他相信了我。"她呼出一口气，轻轻说道，就好像是吐出了一个秘密。然而我却明白她真正想要跟我说的是什么。到此为止，已经是谈话的终结。

我感到，所有人都想体面地出狱，他们期待着一个信号，在打响的手指中醒来，或者以一种看起来不那么荒谬的方式结束会面。我感到我背负着无可比拟的重量。妈妈和她的囚犯儿子之间的会面，本应该是以一个温柔的拥抱或者以泪水收场的吧。我们当中的一个人本应该说点儿什么的吧……但是，什么都没有发生，时间似乎无限延长。随后，我们听到轮胎咯吱作响。妈妈急急忙忙地站起身来，走廊里，那个紧抿着嘴的老妇人往前走了一步，其中的一个士兵走到我身旁，把我的手按到了肩膀上，另一个士兵轻轻咳嗽了几声。两个法国人盯着走廊的尽头，然而我却看不到尽头，只能听到地上回响着的脚步声。随着脚步声越来越近，我看见这两个女人在惊惶的目光中变得灰白，干瘪，腐烂。“是他，他会说法语。”胖一点的那个法国女人指着我说道。妈妈小声对我说：“上校相信我了。等你一出狱，我就给你娶媳妇。”我没有指望这一诺言是真的。但是我却明白了她想要让我怎么说。随后，我又被关进了牢房。我坐在监狱里看着柏树。各种各样的想法在我的头脑中相互撞击，但是我却感到很平静，我又叫做巴-艾勒-伍德了，我想着我和妈妈的漂泊，我们是如何到这里来，来到这个市镇，阳光，天空和鹳巢。在哈朱特的时候，我学会了捕鸟，但是几年之后，我对此不再感兴趣了。我为什么没有拿起武器去参加游击队呢？是啊，在那个年代，这才是年轻人应该做的事，年轻人不该去游泳。我当时二十七岁，在村庄里，没有人理解我为什么会在这片区域里闲逛而不去和我的“兄弟们”一起参加游击队。自从我们到了哈朱特，很长一段时间以来，大家都嘲笑我。他们都觉得我有病，没有男子的性冲动，还有人说我是我妈妈的囚徒。十五岁的时候，我用沙丁鱼罐头的铁盒盖做刀刃，亲手杀了一条狗，好让同龄的孩子们不再嘲笑我，不再把我当做胆小鬼，不再认为我是懦夫。一天，一个男人看见我在街上和其他伙伴们玩球，他对我喊道：“你的两条腿长得不一样长！”在妈妈的坚持下，我去上了小学，我很快就能给妈妈朗读她一直留在身边的那两小片报纸了，那上面记载着穆萨是如何被杀的，但是从来都没有提及他的名字，他住在哪儿，他的年龄，甚至连他的名字的首字母都没有提到。从某种程度上来讲，我们比阿尔及利亚人民更早地投入了战争。确切地说，我是在一九六二年七月杀死那个法国人的，但是在我家，我们早就熟悉了死亡，殉难，流亡，逃跑，饥饿，忧伤，寻求正义，然而当时国家战争的首领还在玩着玻璃球，提着篮子去逛阿尔及尔的市场。

二十七岁的时候，我变得有点儿反常。我迟早要为此付出代价。我待在解放战争的军队的军官面前。我发现，从窗户那儿可以发觉时光在天空中流逝，它变成了树木的颜色，变得幽暗，低语着。狱警把我带去吃饭，我谢了他，然后我觉得如果能让我继续睡会儿也许会更加惬意。没有妈妈和穆萨的纠缠，我在监狱里深感自由。在留我独自用餐之前，狱警转过身来，对我抛下一句话：“你为什么不去帮助你的弟兄们？”他这样说着，并不带有一丝敌意，甚至还带着些温柔，和一丝好奇。我不是殖民者的合作者，这个村里人都知道，可我也不是穆斯林解放运动的战士，这引起了诸多不便，我就在那儿，在这两者之间，就好比说，我正在海滩上、在岩石底下睡着午觉，或是当我正拥抱着一个年轻漂亮的女人的时候，我妈妈突然侵犯或是偷袭了我。“他们会问你这个问题的。”他在关上门之前，无意间这样说道。我知道他所指的“他们”是谁。过了一会儿以后，我睡去了，但在那之前，我一直在聆听。我能做的就是这么多，我不抽烟，所以我并不介意他们取下我的鞋带，拿走我的腰带和我口袋里所有的一切。我可不想消磨时光。“消磨时光”，我并不喜欢这个表达方式。我喜欢看着时间流逝，用眼睛跟随着它的步伐，我愿意把我一切所有的，都给它。终于有朝一日，我的肩膀上不用再背负着一具尸体了！我决定享受我的闲散时光。我是不是已经对于明天做出了最坏的打算？也许有点儿，但是我毫不迟疑。对于死亡，我已经奇迹般地适应了。只要换上一个名字，我就可以从生走到死，从冥世走向光明：我——阿虎，穆萨，默尔索或是约瑟夫。几乎可以随心所欲地选个名字。死亡，在独立战争最初的日子，也是免费、荒谬、突如其来的，就像在一九四二年洒满阳光的海滩上那样。人们可以因任何一件事而控告我，也可以因为我任由自己踢了别人的屁股两脚而被处以枪决，这个我是知道的。夜幕降临了，天空中带着一小撮星星点点，黑暗占据了整个牢房，这黑暗使牢房的墙壁变得模糊不清，夜色带来一股轻柔的青草味儿。那会儿还是在夏天，夜晚时分，身处黑暗之中，能够看见一小片月亮渐渐地向我滑行过来。在那些我看不见的树木试图行走的时候，当它们沉重地挪动着粗壮的枝干，试图拔出它们芳香的黑色枝干的时候，我一直在睡，睡了很久。我把耳朵贴在它们所争夺的土地上。

第十一章

我被提审了好几次。但问我的都是一些关于我身份的问题，持续的时间都不长。

在警察局，没有人对我的案件感兴趣。一个解放战争军队的军官最终还是接见了我。他向我提了几个问题，好奇地看着我。他询问了我的姓名、住址、职业和出生年月与地点。我礼貌地回答了他。他顿了顿，像是在笔记本里找什么东西，然后又一次看向我，这次语气变得强硬：“你认识拉盖先生吗？”我不想撒谎，我也没有必要撒谎。我知道，我之所以在警察局，并不是因为杀了人，而是没有选对杀人的时机。我这样总结，你就容易理解了。我耍花招说道：“我觉得，有些人会认识他。”这男子还很年轻，可是却被战争蹂躏得苍老——这很不公平，但是大实话。他那因严峻而紧绷着的脸颊上，已经生出了多处皱纹。我猜想着他衬衫下强健的肌肉的样子，他身上的黄褐色皮肤——那些只能在洞穴和游击队里避难的人被太阳晒过的痕迹。他笑了，他明白我在逃避问题。“我不是在向你询问真相。在这里，没人需要真相。如果能够证实是你杀了他，那你就要为此付出代价。”他大笑起来。一阵强有力的大笑，难以置信的雷鸣般的哄笑。“我审理一个阿尔及利亚人是因为他杀了一个法国人，谁会相信呢！”他说着，便放声大笑起来。他说得对。我也很清楚这一点，我来到这儿并不是因为我杀死了约瑟夫·拉盖——尽管约瑟夫·拉盖也亲自来这里报过案，还由两个证人陪护着，也就是说——我射进他身体中的两发子弹，他把那两发子弹握在手心，卷起衬衫夹在腋窝下。我到警察局是因为我独自一人杀了他，并且杀人也没有什么正当理由。“你明白了吗？”警官问道。我回答说，是的。

他们又把我押回牢房，到了军官吃午饭的时间。我就干等着。我坐在牢房里，什么都不想。我的一条腿就像是踩在一片阳光当中。整个天空都在牢房窗子的上方。树木的低语和远方谈话的声音传到我的耳边。我想着，这会儿妈妈在做什么。她肯定是在一边打扫院子，一边和逝去的祖先们聊天。十四点的时候，门开了，我又朝上校的办公室走去。他在等着我，安静地坐在挂在墙上的一面巨大无比的阿尔及利亚大旗的下面。他的办公桌桌角放着一把手枪。他们示意我在一把椅子上坐下，我就坐在那儿一动也不动。军官什么都没说，任由这份沉重的沉默蔓延开来。我猜他好像是要从我的情绪上下手，想要动摇我的意志。我笑了，因为这是我妈妈惯用的伎俩，每当她想要惩罚我的时候，都会那么做。“你二十七岁”，他开始说话了，然后，把身子倾斜向我，眼中带着愠怒，在一份控诉人的索引目录上做了个标志。他咆哮道：“那么，你为什么没有拿起武器保卫国家？说！为什么?!”我感觉他长得很喜感。他站了起来，突然打开抽屉，从里面拿出一面小阿尔及利亚国旗，他走过来，在我的鼻子底下挥舞了两下。他用一种夹杂着鼻音的胁迫语气对我说道：“你认识他吗，那个人？”我回答说：“是的，当然了。”他进入到一种爱国的激进状态，一遍遍地重申着他对国家独立的信仰，说国家的独立是由一百五十万具烈士的遗体换来的。“你要杀法国人的话，应该和我们一块儿去杀，是在战场上，而不是在这个星期！”我回答说这也没什么不同。或许是有点儿窘迫，他在发怒之前顿了顿，说道：“不同大了去了！”他的眼神凶神恶煞。我在心里想，这到底有什么不同。他开始结结巴巴地对我说，杀人和上战场之间的差别很大，在战场上，我们不是杀人犯而是解放者，现在没有人下令说我可以杀死这个法国人，我应该早些时候把他杀掉。“早些时候是什么时候？”我问道。“七月五日之前啊！是的，在这个日子之前，而不是之后，我的老伙计！”有人干涩地敲了几下门，一个士兵走了进来，他把一封信放到桌子上。士兵的打扰好像激怒了上校。那个士兵扫了我一眼，然后退了下去。“怎么样？”军官问我。我回答说我没明白，我向他询问道：“如果我在七月五日的凌晨两点杀死了拉盖先生，那大家会说这件事是发生在战争期间还是独立战争之后，是‘之前’，还是‘之后’呢？”军官魔鬼一般地从座位上跳了起来，抡圆胳膊——他的胳膊长得让我吃惊，猛然间甩给我一记永生难忘的耳光。我感到我的脸颊结了冰，然后又着了火，我的眼睛不由自主地湿润了。我迫使自己重新站起来。然后，便什么都没有再发生。我们两个人面面相觑。上校把他的手臂重新放到了胸前，而我摸了摸自己的脸，是从心里用舌头摸的。我感到愚蠢至极。走廊里有声响，军官赶紧接上话，打破了沉默：“你哥哥确实是被一个法国人杀害的吗？”我回答说是的，但那是在革命战争之前发生的事儿。上校似乎突然厌倦起来。“很简单，就应该在解放以前杀死法国人。”他小声说道，几乎还在深思着。“要讲规矩。”他补充说道，就好像是为了使自己的论证听起来在理。他让我跟他详细讲讲我是做什么的。“地区监察员。”我对他说。这是个对国家有用的职业啊，他小声说道，就好像是在自言自语一般。然后，他请求我给他讲一讲穆萨的故事，可他似乎却在思考着别的事。我把我所知道的都跟他说了，也就是说，为数不多的几件事。军官漫不经心地听我说完，然后总结说我有点儿太轻描淡写了，甚至听起来都不像是真的。“你哥哥是烈士，而你呢，我可不知道了……”我发觉他的惯用语有一种不可思议的深刻。

手下给他送来一杯咖啡，他把我打发走。“关于你的一切我们都知道啦，关于你和所有其他人。别忘了这一点。”我走出屋子前，他扔给我这么一句话。我不知道该如何作答，索性就保持着沉默。回到牢房，我又一次感到了无聊。我知道他们会放了我，可这却冷却了原本在我体内沸腾着的奇特的热情。墙壁之间似乎在慢慢靠近，天窗也变得越来越狭小，我的所有感觉都混乱了。夜晚将会很难熬，灰暗，难以喘息。我试着去想些有趣的事情，比如说鹳巢，但是却也无济于事。他们不用给出任何解释，就会把我给放了的，然而我却希望被判刑。我想要从这沉重的阴影中摆脱出来，这阴影使我的生活变得灰暗。甚至还有一些不公会使我放松下来，我不用去解释我是不是罪犯，是不是杀人犯，是不是个死人，是不是个受害者，或者是否仅仅是个不守纪律的蠢货。他们对待我的案件的轻率态度，让我感到是一种耻辱。我杀了人，这带给我一种不可思议的眩晕。从根本上讲，没有人觉得这件事有什么可说的。这是一种怎样的漫不经心、怎样的洒脱啊！难道他们就没有想过，他们这么做会使我的所作所为变得没有意义吗?！我可不能接受让穆萨白白送死。或者说，我的复仇，刚刚不也被同样的无意义打了一巴掌吗！

第二天天一亮，他们就把我放了，没说一句话，士兵们通常会选择这一时间放人。我身后的几个多疑的民兵还在低语，就好像他们参加了游击队，那么整个国家就都是他们的了。其实他们不过是几个从山里来的农民，目光冷峻。我想，上校已经认定我是个懦夫，并决定让我在其中屈辱地活下去。他们认为我会在那份懦弱里受尽苦难折磨。当然，他们错了。哈哈！直到今天，我都还对此感到可笑。他真是彻彻底底地完全搞错了……

实际上，你知道妈妈为什么选择约瑟夫·拉盖当受害者吗？——是的，可以说是她选择了约瑟夫，尽管那天晚上是他自己找上门来的。我保证，这听起来都不像是真的。在我杀人后的第二天，妈妈跟我说起了他，当时我还处于半梦半醒的状态，还朦胧在两个瞌睡之间的混沌阶段。那么好吧，妈妈的意思是，这个法国佬理应受罚，因为他喜欢在十四点的时候游泳！他回来的时候，身体晒成了古铜色，显得无忧无虑，又幸福又自在。他一从海边回到哈朱特，回到拉盖家，就显得十分开心，然而妈妈却要忙碌家务，又从来不乏被人家指指点点……“没有人告诉过我这些，但是我什么都知道。我早就知道！”她喊道。我早就知道。那么她早就知道什么呢？我的朋友，只有神才知道。依然很不可思议，不是吗？！要是按照妈妈这么说，因为他喜欢大海，并且每次从海边回来的时候都神气活现就应该被杀，那她可真是个疯子！这个故事并不是在酒精的作用下编造出来的，我向你保证。除非我所坦白的这些都发生在漫长的梦境中，在我杀了人之后的头昏脑涨的睡梦中。总之，也许吧。但是我依然不能相信这一切都是她编造的。她几乎了解他的全部。知道他的年龄，知道他喜欢多大罩杯的年轻女孩，知道他在哈朱特是做什么工作的，知道他同拉盖一家的关系，甚至连拉盖一家不太欣赏他，妈妈都知道。“拉盖一家说，这个男人很自私，没有良心，不关心任何人。有一天，他们的汽车坏在了半路上，他们就在路上等待，寻求帮助，约瑟夫遇见了他们，你猜他是怎么做的？他装作没有看到他们的样子，继续赶路。就好像要去和真主约会一样。这是拉盖夫人告诉我的！”我记不得每一句她所说的了，但是我保证，关于这个法国佬，她所说的一切都够写一本书的了。“尽管如此，我从来都没有为他效劳过。他讨厌我。”可怜的伙计啊。那天晚上，可怜的约瑟夫落入井里，在我家安息了。多么疯狂的故事啊。多么无辜的死。那么在这之后，要怎样严肃地看待生命呢？在我的生命中，一切看起来都是免费的。就连你，拿着本子、笔记和书的你，也是如此。

好吧，来吧，我看得出你急切的愿望想要听下去，叫上他，让鬼魂来与我们汇合，我没有什么好隐瞒的。

第十二章

对我而言，爱情很不可理喻。我时常惊讶地看着一对夫妻，他们的生活节奏通常很缓慢，他们坚持不懈地在生活中探索，将食物做成大杂烩，用手掌抓住对方，相互凝望，他们拥抱着彼此身体的每一个部位，以便更好地融为一体。我不明白一只手为什么非要牵着另外一只手不放，才能将另外一张脸庞记在心上。那些相爱的人是怎样做的呢？他们之间是怎样相互容忍的呢？是什么使他们忘却了他们是只身来到人间，又要独自离去的？我读了很多书，在我看来，爱情更像是一场妥协，当然啦，它不是一个谜。在我看来，任何一个人都有表达爱情的方式，而我呢，我是用死亡来表达的：我感到人的一生有很多不确定性和绝对的事情，比如心跳的感觉，比如在一个盲目的身体前的忧伤。死亡——当我接受它的时候，当我将它赐予别人的时候——对于我来说，它是唯一的谜。其余所有的一切不过都是仪式、习惯和令人痛苦的同谋。

实际上，爱情就像是一头天上的神兽，让我感到害怕。我看到爱情将人成双成对地吞噬掉，用永恒作为诱饵吸引着他们，把他们封闭到一种蚕茧中，然后把他们吸引到天上去，再把他们像是残渣废屑一般，从高空抛下来。你看到人们分离的时候，他们变成什么样了吗？对着一扇紧闭的门狂抓。你想再来一杯酒吗？奥兰！我们现在是在葡萄之乡，这里是最后一个能够找到葡萄的地方了。我们曾经在别处到处采摘葡萄。服务员的奥兰语讲得很糟糕，但是他已经适应了我讲话。那是一种自然的力量，当他为你效劳的时候，你只要低声哼哼就可以了。我做手势给他看。

梅丽耶。是啊。我还有过梅丽耶呢。那是在一九六三年的夏天。当然，我跟她在一起很开心，当然，从我身处的井底向上望，我很喜欢看到她的脸在天空的圆圈中出现。我知道，如果说穆萨没有杀死我的话——实际上：穆萨、妈妈和你们的主角三者合一，他们都是杀害我的凶手——我本应该更好地生活，与我的语言和在这个国家里某处的一小块儿土地相安无事，但那不是我的命运。梅丽耶是我命中注定的女孩。你能想象出我们的样子吗？我牵着她的手，穆萨牵着我的另一只手，妈妈栖息在我的背上，而你们的主角在整片海滩上闲逛，我们本是要在那里庆祝婚礼的。整个大家庭都依附在梅丽耶的身上。

真主啊，她那阳光般的微笑和她那一头短发多漂亮啊！我却只能做她的阴影，而不能够做她的倒影，这折磨着我的心。你知道吗，穆萨的死和强加于我的吊唁的场景，都改变了我对产权的意识。异乡人什么都不会拥有——我就是这样一个异乡人。没有什么能够在我的双手中长久地留存，我感到一丝抵触，我感到自己负担着的重量实在太大了。梅丽耶。这个名字很好听，不是吗？我却没能将她留住。

好好看看这座城市吧，它就像是一个将要坍塌的、没有任何效力的地狱。它修建成圆圈的形状。中间的部位是硬核：西班牙回力球场，相互交错的墙壁，殖民者修建的建筑物，独立战争期间修建的政府部门和公路；然后，是石油塔和杂乱无章的新住房；

最后，是贫民窟。除此之外呢？我想象着炼狱的样子。数以百万的人民为了这个国家而丧生，因为它、因为反对它、因为试着离开它或者回到它的怀抱。我神经兮兮的，我承认……有时候我觉得，新生儿是往昔死去的人，就像还魂者，他们是回来讨债的。

他拒绝回答你吗？那样的话，看看还有没有什么好方法吧，我也不知道了。不要让自己被剪报和哲学家的阵营所吓倒。坚持住。你会跟我一块儿行动起来的，不是吗？

第十三章

好吧，我很愿意按顺序说故事。这也许会为你将要出版的书减少些麻烦，但还是算了吧，你可以重新排好顺序的。

我是二十世纪五十年代上的学。上学有点儿晚。入学那会儿，我的心思比其他孩子都要重。一位神甫和拉盖先生坚持让妈妈把我送到哈朱特的学校。我永远都忘不了入学的第一天，你知道为什么吗？因为鞋子。我当时没有鞋子可穿。上课的前几天，我戴着一顶塔布什帽[①]，穿着一条阿拉伯长裤……光着脚。教室里有两个阿拉伯人，我们都光着脚。如今想起这件事来，我还是会发笑。老师装作无所谓的样子——也正是因为这件事，我至今都对他心怀感激。他检查我们的指甲，手，笔记本，衣服，唯独对脚只字不提。同学们给我取了一个外号，叫做“印度首领”，这个典故出自当时的一部电影，讲的是“坐着的公牛”的故事。因为很多时候，我都坐在那儿幻想着要是有一个可以用手走路的国度该有多好。我可真有才。法语像谜一样吸引着我，超乎这个意义之上，它也是我的不协调世界的出口。我想把我梦想的世界说给妈妈听，从某种程度上讲，我会把它描述得没有那么不公平。

我和别人读书的目的不同，我并不是为了讲一口流利的法语，而是想要找出凶手，起初我并不用承认这个。一开始，我几乎读

① 穆斯林男子的无檐毡帽。——译者注

不懂妈妈精心藏在怀里的那两段记载着“一个阿拉伯人”被杀害了的故事。当我渐渐地对读到的内容越来越确信的时候，我便开始渐渐地将文章的内容演绎成别的样子，我开始美化穆萨的死。妈妈时常对我说：“再读一遍吧，看看你是不是还有什么地方没读懂。”这句话她讲了将近十年。我很清楚这一点，因为我已经把这两篇文章烂熟于心了。在那两篇文章中，可以看到化身为两个细长的首字母的穆萨，随后，记者又用几行文字描述了一下凶杀案和案发的情形。所以，可以想象，把一篇两个段落的社会新闻，演绎为一出字斟句酌、描述案发现场和著名海滩的悲剧，这需要怎样的才智。我总是很痛恨这羞辱人的简洁——怎么可以对一个人的死这样不重视呢？还有什么可说的呢？在监狱里，你们的主角用这一小截报纸来消遣，而我呢，妈妈一发疯，我就要把报纸拿到鼻子底下读给她听。

啊，可真是个笑话！现在你明白了吗？现在你明白为什么我在读你们主角的书的时候会发笑了吧？我试着在这个故事中找到我哥哥的遗言，找到书中是怎样描述他的喘息的，找到面对杀人犯他是怎样反击的，找到他的痕迹，看到他的脸庞，可是整本书对于阿拉伯人的描述，我却只读到了两行字。“阿拉伯人”这个词在书中引用了二十五次，却一次都没有提及他的名字，一次都没有。当妈妈第一次看见我把名字的前几个字母写进新生入学手册的时候，她就把那两截报纸递给了我，催促我读给她听。可是我还做不到，也读不出来。“那可是你哥哥啊！”她带着一种埋怨的语气对我喊道，就像是我应该从太平间认领一具尸体交给她似的。我闭口不言。还有什么好说的呢？突然，我明白她期待从我这儿得到的是什么了。要我替他而死。这样总结很精辟对不对？要借助于两段文字，找到一具尸体，找到不在场证据和罪状。这是妈妈为了寻找佐德，我的孪生兄弟，而重新进行调查的一种方式。这促使我写了另外一本奇特的书——如果说这一切都是拜你们的主角所赐，那么我也许不得不去写：一本反调查。我把我所有的感情都倾注于这篇简短新闻的字里行间，我扩充着这篇短新闻的容量，直到充斥整个宇宙。妈妈肆意地对整个案件进行想象重组，天空的颜色，当时的情形，受害者和杀人犯之间的辩驳，法庭的气氛，警察的假设，皮条客和其他目击者的油滑，律师的辩护词……最后，可以这样说，当时却是一场无法言说的混乱，就像是用谎言和屈辱编织起来的《一千零一夜》。有时候我会有罪恶感，但更多时候会感到骄傲。妈妈在墓地和阿尔及尔的欧洲街上找寻不到的东西，我却给了她解答。这本虚构的书是写给一位无言的老妇人的，这本书的事情一直持续了很久。事情总是周而复始，好好领会一下我的话吧。几个月以来，我们都不再谈论此事了，然而突然有一天，妈妈却行动了起来，她嘟嘟哝哝，最后挥舞着两截皱巴巴的报纸，站到我面前。妈妈对这本书充满疑问，我要解释给她听，在妈妈和幽灵之书之间，我觉得自己就像是一个可笑的媒介。

我所学习的语言，也带有死亡的印记。当然了，我也读其他类型的书籍，我读历史、地理，但是最后所有的这一切还是会回到我家的故事上，回到我哥哥被杀的案件和这片被诅咒的海滩上来。这场愚人的游戏一直持续到国家独立前的几个月，直到我妈妈听到约瑟夫疯狂的脚步，那时他还活着，他在哈朱特，穿着沙滩凉鞋，徘徊在自己的坟墓边缘。我竭尽所能地使用这门语言，用尽想象。除了等待之外，我们什么都不能做。真希望能发生点儿别的。直到那个我杀人的夜晚，一个受到惊吓的法国人死在了我们昏暗的院子里。是的，我杀死约瑟夫是因为他与我们所处境遇的荒谬背道而驰。那两截报纸后来怎样了？让我告诉你吧。它们被揉成了碎屑，在一次次的折叠之后，已经揉烂不见了。或许，最后妈妈把它们给扔掉了。我原本受到了很大启发，想要把我所编造的一切都写下来，但是却无从下笔，没想到这起案件会变成一本书，也没想到受害者会死灰复燃般地迸发出鲜活的光焰。难道是我错了吗？

有一天，一个梳着一头栗色短发的年轻女子敲响了我们的门，并提出了一个从来都没有人问过的问题："你们是穆萨・伍德・艾勒-阿萨斯的家人吗？" 你猜这会对我们的生活产生怎样的影响？那会儿是一九六三年三月的一个星期一。国家还处于欢腾之中，然而却有一种恐惧感占据着我，由七年的战争喂养大的怪兽凶神恶煞，它拒绝回到陆地上来。在取得胜利的战争首领之间，一场无声的战争愈演愈烈。

"你们是穆萨・伍德・艾勒-阿萨斯的家人吗？"

梅丽耶

有时候，我重复着这句话，想从中找到她说话时的那种愉悦的语气——很礼貌，小心翼翼，明丽地彰显着纯真。

是我妈妈开的门——我离得也不远，我躺在院子的一个角落里，懒洋洋地不愿起身——听到这清澈的女声，我很惊讶。从来都没有人来拜访过我们，我和妈妈向来避开一切社交，大家尤其想要躲开我。我独来独往，忧郁，沉默，被人看作胆小鬼。我没有去参军，大家回忆起这件事的时候总是对我心怀怨恨，并且对我的印象一直顽固不变。然而最奇特的事儿，是从我妈妈以外的另外一个人的嘴里听到穆萨的名字——而我呢，我会说“他”。那两截有关他的报纸，只提到了他名字的首字母——甚至连首字母都没有提到，我搞不清。我听妈妈应道：“谁呀？”随后我听到了一串长长的解释，核心内容却没有听到。“这些话去对我儿子说吧。”妈妈回答着，并请她进门。我被迫重新站起身来，最后盯着她看。这个单薄的小个子女人长着一双忧郁的绿眼睛，阳光、单纯而炽热。她美得让我心痛。我感到我的胸膛像是被掏空了一样。直到那时，我都没有觉得一个女人有可能会走进我的生命。我从妈妈的肚子里挣脱出来是要做好多事的，要埋葬死人、杀死逃亡者。你明白了吧。我们过着与世隔绝的生活，我已经习惯了。这个年轻女人的突然出现，使一切变得欢喜，我的生活，我和妈妈的世界，一切。我感到窘迫，我害怕了。“我叫梅丽耶。”妈妈让她坐在凳子上，她的裙子慢慢卷了上去，我努力不去看她的腿，她用法语跟我解释说，她是个老师，她说她在研究一本讲述我哥哥的故事的书，这本书是杀人犯写的。

我和妈妈驻足在院子里，试图弄清这是怎么回事。可以说，穆萨又活了过来，从他的坟墓中翻滚出来，迫使我们表现出拜他所赐的浓烈忧伤。梅丽耶感受到了我们的困惑，她再次慢悠悠地、温柔中带着一丝谨慎地解释了起来。她先是转向了妈妈，随后又转向了我，就像是对康复期的病人那样说话。我们沉默着，但是最后我从木然的状态中走了出来，向她问了几个问题，但是这些问题都掩不住我的窘迫。

实际上，我感觉就像是第六发也就是最后一发子弹再次从我哥哥的皮肤穿透过去。因此，我哥哥穆萨，已经连续死了三次。第一次在十四点的时候，在“海滩那天”；第二次呢，是迫不得已为他挖一个空墓穴的时候；第三次，是梅丽耶走进我们的生活。

我还依稀记得当时的情景：妈妈保持着防备，目光癫狂，紧盯着梅丽耶，她借口说要去重新煮茶、去找糖，来来回回地走，她的影子在墙上和梅丽耶的尴尬中缓缓移动。不久，梅丽耶推心置腹地对我说：“我感觉这本书和我的问题打扰到了已故的人……”那时候因为妈妈躲躲闪闪，我和她的目光时不时地相遇。在她离开之前，我和她单独待在一起，她从包里拿出那本著名的书，就和你乖乖地放在公文包里的那本一样。对于她来说，这个故事非常简单。一位著名的作家讲述了一个阿拉伯人的死，并且写了一本惊世骇俗的书，——“就像盒子里的太阳一样”，我想起了他的表达方式。出于对阿拉伯人的好奇，她想要亲自做一份调查，她争强好胜的个性最终把她带到了我们这儿来。“我花了几个月的时间，敲了一扇又一扇门，打听过各种各样的人，就是为了找到你们……”她带着很有亲和力的微笑说道。她和我相约第二天在火车站见。

从见到她的第一秒开始，我就坠入了爱河，但我也恨这一切，恨她就这样闯进了我的世界，沿着一个死人的痕迹而来，扰乱了我的平衡。好吧，真主啊，我遭到了诅咒！

第十四章

梅丽耶就像是用她那缓慢柔软的声音将我们催眠了，她解释说她花了几个月的时间才找到我们的踪迹，从巴-艾勒-伍德开始寻找，那里几乎已经没有人认得我们了。她在准备一篇论文——就像别人一样——关于你们的主角和这本奇特的书的论文，这本书用数学一般精准的语言讲述了一场栖息在枯叶之上的凶杀案。她想找到阿拉伯人的一家，正是这种想法把她带到了我们面前，然而在找到我们之前，她在山后、在活人的国度已经做了漫长的调查。

随后，不知出于怎样的本能，在妈妈留我俩单独在一起的几分钟时间里，她拿出一本书给我看。这本书的开本很小。书的封皮是一幅水彩画，画着一个身穿西装的男人，两手揣在兜里，侧着身子背对大海，大海是整幅画面的背景。颜色很暗淡，色彩的辨识度不高。这就是我所能记得的。题目是《另一个人》，杀人犯的名字用清晰的黑体字高高地写在右上角：默尔索。然而我却因离这个女人太近而分了神。但是当妈妈从厨房回来，她和妈妈致意的时候，我继续用探寻的目光看了她的头发、双手和脖子。我想，从那以后，我就喜欢上了从后面观察女人，观察不戴面纱的脸上的信誓旦旦以及你不会太留意的头发。我甚至还很惊讶，因为我对女人一无所知，我还试着想为她的体香取一个名字。我突然意识到，她灵动通透的聪慧中，还带有一味单纯。后来她告诉我，她出生在东边的君士坦丁。她希望可以做个“自由女人”——坚定的语气，挑衅的目光，她说她反对家庭保守，并且一直说了很久。

好的，是啊，我又扯远了。你想让我谈谈这本书是吗？你想知道我看见这本书时的反应吗？说真的，这一段往事，我都不知该从何说起。梅丽耶带着她的微笑和味道离开了，她的优雅，她的微笑，第二天依然回荡在我的脑海。我和妈妈愚钝得很。我们刚刚才发现穆萨最后几个零星的脚印，刚刚才得知杀害他的凶手的名字以及凶手非同寻常的命运。“一切都写着呢！”妈妈无意间的精准评价使我感到震惊。“写”，是啊，是以一本书的形式，而不是借某位神灵之名。我们会对所做的蠢事感到一丝羞愧吗？你是否抑制住了一种想要狂笑的不可遏制的欲望？我和妈妈，这对暗藏在著作幕后的可笑的人，谁都不知道我们的存在。整个世界都认识杀人犯，熟悉他的脸庞，他的目光，他的轮廓甚至他的衣裳……唯独我和妈妈两个人不为众人所知！阿拉伯人母亲和她的儿子，微乎其微的地区调查员。两个土生土长的可怜家伙，他们没读过书，逆来顺受。像驴子一样。我们整晚躲避着别人的目光。真主啊，能发觉自己的愚蠢，这是多么难能可贵的事情！夜很漫长。妈妈咒骂着那个年轻女人，随后住了口。而我呢，我在想念着她的胸脯和她那鲜活得像水果一样的嘴唇。第二天早上，妈妈摇醒我，她把身子倾向我，就像是一个威逼着我的老巫婆，命令我说道：“她要是再回来，不要给她开门！”我见她走了过来，我知道她为什么过来。但是我也准备好了回击的话语。

你猜得出，亲爱的，很显然我不会按她说的做。第二天，我早早地出了门，像往常一样，毫不迟疑地去喝了杯咖啡。按照约定行事，我在哈朱特的火车站等梅丽耶，当我在阿尔及尔发来的公交车上看到她的那刻，我的心都空了。单单见上一面已经不足以填补我的空白，当我们面面相觑的时候，我感到自己呆头呆脑、笨手笨脚。她对我微笑，起先眯起眼睛，随后张开了她那洋溢着欢乐的大嘴。我结结巴巴地说我想对这本书了解得更多一些，我们去散了步。

我们就这样，一直过了几周，几个月，几个世纪。

你明白的，我刚刚才搞懂，妈妈一直在克制自己的戒备：炽热，欲望，幻想，期待和疯狂的情绪。在昔日的法语书中，我们把这种情绪叫做“折磨”。我不知道该怎样描述当爱情来临时那些占据着你身体的力量。我的用词既模糊又不贴切。像是一只近视的蜈蚣，匍匐在一个巨大物体的身后。书只是借口。这本书和其他书籍都是借口。梅丽耶又一次把书拿给我看，这次以及每次相见，她都会耐心地为我解释：写作背景，这本书获得了怎样的成功，哪些书是从这本书获得的灵感，以及对每章内容不计其数的评论。真是令人头晕目眩。

但是那天，相见的第二天，我看着她在书页间翻动的手指，她的红色的指甲划过纸张，如果我强行抓住她的手，那会怎样？我克制着自己不要去想。但最后还是那样做了。她笑了。直到那时她才明白，其实穆萨根本不是重点。有那么一次，刚一到下午，我们就要分别，她向我保证说她还会回来。她还问我，在她的调查工作中，怎样才能证明我和妈妈是死去的阿拉伯人的家人。我对她解释说，这对于我们来说，是一个老问题了，书上甚至连姓氏都没有提到……这又让她发笑了——却让我难过。随即，我向办公室走去。同事们会对我迟到的事儿怎么看，我想都没想！我才不在乎呢，朋友。

当然了，当天晚上，我开始读这本该死的书。我缓缓地读着，却像是着了迷。我既感觉受到了侮辱又觉得受到了启发。我花了一整个晚上阅读，好像是在读真主之书一样，我的心怦怦跳，难以呼吸。这是一场真正的震撼。这本书里什么都有，只有最重要的一点没有提到：穆萨的名字！无处可寻。我一次又一次地数着“阿拉伯人”这个字眼，一共数了二十五次，书里没有我们当中任何一个人的名字。什么都没有，我的朋友。只有盐和眩晕，以及对背负着神圣使命的人类生存状况的思考。默尔索的书没能让我对穆萨了解得更多，甚至直到他生命的最后一刻，也没有提到他的名字。相反，这本书使我看到凶手的灵魂，这么说倒像我是个天使似的。我在这里找到了扭曲的奇特的记忆，比如说对于海滩的描述，被点亮的神奇的案发时间，从来都没有找到的破旧的海滨木屋，诉讼的那几日和监狱里的时光，然而那时我和妈妈还徜徉在阿尔及尔的大街上寻找着穆萨的尸体。这个男人，你们的作家，他似乎偷走了我的孪生哥哥，佐德，我的肖像，甚至偷走了我生命中的细节以及我的审讯的记忆。我读了几乎一整夜，逐字逐句，认真地读了一遍。这真是个完美的玩笑。我在那里寻找着我哥哥的踪迹，寻找着我的倒影，我几乎觉得自己就是杀人凶手的化身。最终，我读到了书上的最后一句话：“我期望处决我的那天，很多人前来看热闹，他们都向我发出仇恨的叫喊声。”真主啊，我是多么希望发生那样的事情啊！会有许多观众前来，当然了，大家是为了他的罪行而来，而不是为了看他受刑。那是群怎样的观众呢！一群无条件的支持者，一群狂热的人！在这群崇拜者中，绝对不会有仇恨的叫喊。最后几行字把我给搞糊涂了。这是一本杰作，我的朋友。它是一面镜子，放在我的灵魂面前，放在我在这个国度里后来所成为的那种人的面前，放在真主安拉和苦楚之间。

你猜到了，那晚我没有睡觉，我在柠檬树旁边盯着天空看。

我没把这本书拿给妈妈看。我保证，她一定会逼着我一遍又一遍地读，没完没了，一直读到上次审判那天。太阳升起的时候，我掀开被子，把书藏在库房的一个隐蔽的小角落。当然了，我没跟妈妈说前一个晚上我和梅丽耶见过面的事儿，但是她发觉了，她在我的眼神中看到了深入我血液的另外一个女人。梅丽耶没有再来过我家。接下来的一周，我和她经常见面，实际上，一整个夏天我们都一直在见面——我们约好，我每天到车站去找从阿尔及尔发来的大客车。如果她能抽出时间的话，我们就会一起度过几个小时，一起散散步，四处转转，有时候会一起躺在一棵大树底下，但从来都不会太久。如果她不来的话，我就转身投入到工作中。我多么希望这本书永远都不要枯竭，我希望它是无穷无尽的，这样她就会一直把肩膀靠在我激荡的胸膛上。我几乎把我的一切都告诉了她：我的童年，穆萨死去的那天，不识字的我们愚蠢的调查，艾勒-凯塔尔公墓的空洞穴以及我们家吊唁的严格规矩。唯一一个我犹豫着没有告诉她的秘密，就是约瑟夫的死。她以特有的方式来教我读这本书，她把书倾斜向一边，就像是要把一些不见踪影的细节抖落似的。她还拿给我几本这个男人其他的作品，从他的这些书中，我渐渐了解到你们的主角是怎样看待世界的。梅丽耶缓缓地向我讲述着她的信仰，倾诉着她难以置信的孤独。我明白，她就像一个孤儿，在这个世界上找到了一个没有爸爸的同伴，便毫不犹豫地接受了这份友谊的馈赠，确切地说，是因为孤独。梅丽耶讲的那些我并不是都能听懂，有时候，她就像是对我讲述着另一个星球的事儿，我很喜欢她的声音。我爱她，刻骨铭心。爱情。是一种多么强烈的感觉啊，对不对？那种感觉就像是喝醉了酒。我们会感到失去了平衡、失去了知觉，但这一切又都伴随着一种精准却无用的奇特的敏锐。

我受到了诅咒，所以从一开始，我就知道我们的故事会走向终结，我知道无法期望将这个故事永远驻留在我的生命当中，但是当时，我只想要一件事：听她在我身旁呼吸。梅丽耶猜到了我的感受，在我陷得更深之前，她跟我开了个玩笑。她这样做是不是因为我让她害怕了？我是猜的。或许，最后她还是厌倦了，我不再逗她开心了，她对这条新修的、带有异国情调的小路没有了感觉，我的“状况”也不会再分散她的注意力。我很痛苦，受尽折磨。她不会拒绝我的，我保证。相反，我甚至觉得她对我也表现出了爱意。但是她只爱我的忧郁，这样说吧，她赋予我的痛苦一种珍贵的神圣，然后，她离开了，对于我来说，一个王国开始有序地组建了起来。从那以后，我辜负了一个又一个女人，把我自己最好的一面给隔离开。这是我在生命中记录在册的第一条法则。你想记下我对爱情的定义吗？这个定义是我自己下的，它既浮夸又真诚。爱情，是拥抱着一个人，分享彼此的唾液，它会使你想要把晦涩的记忆一直追溯到出生之时。于是我开始独居，这会使我富有魅力，并且会吸引那些对我毫无防备的姑娘的柔情蜜意。一些不幸的女人来到了我身边，另外一些中招的女孩是因为还太年轻，她们还不能了解其中的玄机。

当梅丽耶留下我一个人之后，我一遍又一遍地阅读这本书。那么多、那么多次。为了再次找到这个女人的踪迹，找回她读书的方式，她认真的声调。很奇怪是不是？在闪闪发光的死亡的证据里，去寻找一个生命的痕迹！但是我又一次迷茫了，这些跑题的话让你很反感吧。可是……

有一天，我们在一棵树下相见了，在村庄的边界。妈妈似乎对一切都漫不经心的样子，但是她知道我看见这个女孩从公墓的邻村走来。我们之间的关系发生了变化，我表现出一种无声的抵抗，一种毅然决然的暴虐，想要挣脱开这位猛兽般的母亲。我拂过梅丽耶的胸口，这几乎是无意之举。我在燃烧的树荫下昏昏欲睡，她把头靠在我的大腿上。她看我的时候，眼神中带着一丝不满。她的头发飘进眼睛里，她格格地笑，笑声里充满另一个生命的光辉。我倾身贴向她的脸颊。那种感觉真好，我吻向她那微笑渐渐平息后半张着的嘴唇，像开玩笑似的。她什么也没说，我就倾着身子吻着。当我直起身子的时候，整个天空映入眼帘，天空很蓝，泛着金光。我能感受到她的脑袋躺在我的大腿上的重量。我们就这样木然地待了很久。等到气温升得过高的时候，她就站起身，我跟在她的身后。我追上她，将手环绕在她的腰间，我们就像一个人一样，一起走着。她微笑的时候总是闭着眼睛不去看我的脸。我们就这样相拥着走到了火车站。如今不行了，可当时我们却可以这样做。当我们带着崭新的好奇凝视着彼此的时候，受到身体欲望的牵引，她对我说：“我晒得比你黑。”我问她是否某天晚上还会回来。她依然是笑，摇着头，意思是不会了。我大胆问道：“你愿意嫁给我吗？”她惊讶地打了个嗝儿——这使我心如刀割。她根本就没有期待过。我想，她宁愿把我们之间的这段关系当做是一种纯粹的娱乐，而没有当成一段更加严肃的关系的前奏。她想知道我是否爱她。我回答说，当我组织语言的时候，我不知道该从何说起，但是当我闭口不言的时候，爱却在我的头脑中渐渐清晰。你笑了吗？嗯，那就说明你懂了……是的，这是一场无稽之谈。彻头彻尾。和她在一起的画面太完美，这一切都是我编出来的。当然，我从来都没敢对梅丽耶表白过。对于她的美的非分之想，她的性格，她会为我带来更美好的生活，这些话我总是说不出口。她是那样一种女孩：自由，争强好胜，不服输，把自己的身体当作一种馈赠，而不是罪孽或是耻辱，如今这样的女孩在我们国家已经不存在了。唯一的一次，我看见她被冰封的阴影笼罩着，是当她讲起她爸爸的时候。她爸爸的控制欲很强，有好几个老婆，他那淫荡的眼神会激起她的疑虑和恐慌。是书籍使她从家庭中摆脱出来，也让她有了远离君士坦丁的理由；等到她积蓄了足够的力量的时候，她就到阿尔及尔大学去读书了。

梅丽耶是在夏末的时候离开的，我们之间的故事只持续了几个星期，有一天，当我明白她要永远地离开我的时候，我一边咒骂着妈妈、穆萨和世界上所有的受害者，一边砸碎了家中所有的碗碟。在气愤的朦胧中，我想起了妈妈，她坐着，安静地看着我被激情所掏空，她很安然，几乎为自己战胜了全世界所有的女人而沾沾自喜。接下来剩下的，只有撕心裂肺的痛苦。梅丽耶给我寄信，我在办公室可以收到。我给她的回信里面充满暴怒和愤慨。她向我解释说她的学业、论文都在进行中，作为一名叛逆的学生她很有挫败感，然后一切都渐渐平息了下来。我们之间的书信变得越来越简短，通信的次数越来越少。然后有一天，一封信也没有了。但是几个月以来，我还等待着从阿尔及尔发来的大客车，我这样做这是为了让自己保持痛感。

听好了，我想这是你我之间的最后一次会面了，让他到我们的桌子这儿来。这次他一定会来的……

你好，先生。你看起来像是从拉丁民族来的，这没什么好惊奇的，从远古时代开始，这座城市就面向全世界的水手开放了。您是老师吗？不。啊！穆萨，拜托你再拿一瓶酒和一些橄榄过来！什么？这位先生又聋又哑？我们的来宾不说任何一门语言?！是真的吗？他用唇语朗读着……至少您在读啊！我年轻的朋友有一本书，这本书里的每个人都不在听别人讲话。您应该对此感到高兴吧。总之，这应该会比您的那些报纸有趣得多。

这是怎样的情形呢？一个围绕着一张桌子构建起来的故事，坐在桌子旁的是一个有着巨人气魄的卡比利亚服务员，一个明显患了结核病的聋哑人，一个带着怀疑眼神的年轻大学教员，一个对未来一无所知的老酒鬼。

第十五章

请原谅我老了。变老，也是一个巨大的谜。如今，我变得这样苍老，在繁星闪耀在天际的夜晚，我时常对自己说，如果我们活得够久，总会有一些什么等着我们去发现。活下去也需要很多力气啊！在生命的尽头，需要得到一种鞭辟入里的启示。世界的浩渺和我的渺小如此不相称，这让我感到震惊。我时常在想，在我的平凡和宇宙的浩渺之间，依然应该存在着些什么吧。

但我还是会经常跌倒，我会到海滩去徜徉，拳头中握着手枪，去寻找第一个和我很像的阿拉伯人好把他杀掉。还有别的可做吗？告诉我，我要怎样安放我的故事，要不然，让它无数次地重演？妈妈还活着，可是她不说话了。几年以来，我们之间不再说话，只要能喝到她煮的咖啡，我就心满意足了。除了柠檬树、海滩、海滨木屋、阳光和枪响的回声之外，这个城市里其余的一切都与我无关。我就这样生活了很久，就像是往返于办公室和我的不同住所之间的梦游者。为关于几个女人和诸多无力感的故事打着草稿。不，在梅丽耶走了之后，就什么都没有再发生了。我像其他人一样生活在这个国度里，但是表现出更多的是谨慎和漠然。我看到民族独立的激情日渐枯竭，幻想都搁浅了，然后我开始变老，现在我在那儿，坐在酒吧里给你讲着一个从来没有人愿意听的故事，除了梅丽耶和我，还有一个聋哑围观者。

我像幽灵一般看着活人在广口瓶里生活，作为一个有着激荡人心的故事的人，我也会感到眩晕，我也会带着满脑子无休止的独白独自散步。有时候，我也会有一种强烈的欲望，想要对整个世界呐喊：我是穆萨的弟弟，我和妈妈才是这个著名的故事的真正主角，但是谁会相信我们呢？谁？几个推着我们前行的证据？两个首字母？还是一本没有提及姓名的小说？当月亮上的狗群开始争斗，相互撕咬，想要知道你们的主角与我、与楼里其他的邻居是否都是同样的国籍的时候，这是最糟糕的。多么美丽的玩笑！在这件事中，没有人问过穆萨的国籍。默尔索说他是阿拉伯人，连阿拉伯人自己都这样认为。告诉我，“阿拉伯人”是国籍吗？所有人都认为这个国家像是他们的肚子，他们的内脏，但是又有谁不是身在别处？

我去过几次阿尔及尔。没有人说起过我们——我哥哥、我妈妈和我。他们没有说起我们中的任何一个人！这个怪诞的首都将内脏裸露在外，在我看来，正是这桩没有受到惩罚的罪行所造成的糟糕透顶的耻辱。数以百万的默尔索，一个摞在另一个的上面，禁闭在咸咸的海滩和一座山之间，在凶杀案和睡眠中变得愚钝，由于空间拥挤，他们互相之间大吼大叫。真主啊，我是多么讨厌这座城市，讨厌它猛兽般的咀嚼的声响，讨厌它烂蔬菜和哈喇油的味道！它绝非一个港湾，而是一副颌骨。把我哥哥的尸体还给我的绝对不是它，你想得对！从背后看看这座城市，你就会知道这场犯罪有多完美了，这就够了。我到处都能看见你们的默尔索，即便在我这里，在奥兰，在我的楼里也可以看到。在我的阳台的对面，在城市的最后一栋楼的后面，有一座庄严的、未完工的清真寺，在这个国家里，还有成千上万这样未完工的清真寺。我经常从窗子向外看，我讨厌这种建筑，它肥胖的手指指向天空，混凝土还是张开的。我也讨厌阿訇，他看着信徒的样子就好像他是王国的首领一样。难看的尖塔使我产生了一种想要亵渎神灵的冲动。就有点儿像是说“我没有拜倒在你的混凝土脚下”，撒旦在航行中，不断重复这句话……有时候我会试着爬到塔顶上去，塔顶挂着扬声器，我试着在那里把自己重重封锁起来，我想要在那里大声释放我累积已久的不满、咒骂着亵渎神灵的话语。同时还要宣读亵渎宗教的所有点滴。我要呐喊：我才不祈祷呢，我才不净体呢，我不要斋戒，我从不朝圣，我要喝酒——只要这样呐喊着，我就会变得神采奕奕。我会声嘶力竭地呼喊自己是自由的，呼喊“真主”只是个“问题”而不是“答案”，呼喊我想要在出生或是死亡的时候单独和他见上一面。

在死刑的监牢里，你们的主角受到了一位神甫的探视；而我呢，一群疯狂的教徒追赶着我，他们试图使我相信，这座国家的石头里浸透着的只有苦难，让我相信真主还醒着。我对他们呼喊，这些未完工的城墙我已经看了几年之久。如果我从未认识这世上的任何事物、任何人，该有多好。也许很久以来，我能够隐约地看见一些事物神圣的排序。这张面孔带着阳光的色彩，燃烧着欲望的火焰。那是梅丽耶的脸。我试图找到它。但只是徒劳。但是现在结束了。你能想象到那个场景吗？我在麦克风里大呼小叫，他们敲着清真寺塔顶的大门让我住嘴。他们想要让我听从劝告，发了疯似的对我说，人死后还有另一条命。那么，我对他们回答道：“另一条命也会使我回想起如今这一条！”在另外一条命里，我也许会死去，也许是被乱石块砸死的，但是麦克风在我的手里，我是阿虎，是穆萨的弟弟，是一个失踪了的父亲的儿子。啊，殉难者的漂亮姿态！呼喊着赤裸的真理。你住在别处，你不能了解一位不信仰真主、不去清真寺、不期待天堂、没有妻儿、教唆着宣扬自由的老人在忍受着些什么。

一天，伊玛目试图和我谈谈真主，他告诉我说我已经老了，我至少应该像其他人一样祷告，但我朝他逼近，但是我试图告诉他我剩下的时间已经不多了，我不想浪费时间去和真主在一起。他试图转换话题，问我为什么称他为“先生”而不是“向导”，这可把我惹火了，我对他说，他本来就不是我的向导，他到别人那里去当向导吧。他把手放在我的肩上，说：“不，我的兄弟，我是和你在一起的。但是你不明白这点，因为你的心是迷茫的。我为你祈祷。”这时，不知是为什么，好像我身上有什么东西爆裂开来，我扯着嗓子直嚷，我叫他不要为我祈祷，我抓住他长袍的领子，把我内心深处的喜怒哀乐猛地一股脑儿倾倒在他头上。他的神气不是那么确定有把握吗？他的确信不值女人的一根头发，他甚至连自己是否活着都没有把握，因为他干脆就像行尸走肉。而我，好像是两手空空，一无所有，但我对自己很有把握，对我所有的一切都有把握，比他有把握得多，对我的生命，对我即将来到的死亡，都有把握。是的，我只有这份把握，但至少我掌握了这个真理，正如这个真理抓住了我一样。我以前有理，现在有理，将来永远有理。似乎我过去一直等待的就是这一分钟，就是我会被宣判无罪的黎明。没有任何东西，没有任何东西是有重要性的，我很明白是为什么。他也知道是为什么。在我所度过的整个那段荒诞生活期间，一种阴暗的气息从我未来前途的深处向我扑面而来。其他人的死，母亲的爱，对我有什么重要？既然注定只有一种命运选中了我，而成千上万的生活幸运儿都像这位伊玛目一样跟我称兄道弟，那么他们所选择的生活，他们所确定的命运，他们所尊奉的真主，对我又有什么重要？他懂吗？大家都是幸运者，世界上只有幸运者。有朝一日，所有的其他人无一例外，都会判死刑，他自己也会被判死州，幸免不了。这么说来，被指控杀了人，只因在母亲的葬礼上没有哭而被处决，或者我被指控在一九六二年七月五日杀了人，而不是早一天，这又有什么重要呢？沙拉马诺的狗与他的妻子没有什么区别，那个自动机械式的小女人与马松所娶的那个巴黎女人或者希望嫁给我的玛丽，也没有区别，个个有罪。今天，梅丽耶是不是又把自己的嘴唇送向另外一个我。这有什么重要？他这个也被判了死刑的伊玛目，他懂吗？从我未来死亡的深渊里，我喊出了这些话，喊得喘不过气来。但这时，有人把伊玛目从我手中救了出去，一千只手抓住我让我安静下来。而伊玛目却劝他们安静下来，他默默地看了我一会儿。他眼里充满了泪水，他转过身去走开，消失掉了。

问我是否信奉真主？这可真好笑！在一起生活了这么长时间之后……我不知道为什么每次有人提出“真主是否存在”这样的问题，他都会把问题抛给别人，期待着别人的回答。直截了当地把问题扔给别人！有时候，我真的觉得自己站在清真寺的尖顶，听着他们说话，在那里，我想要砸烂我关上的那扇门，为我的死而向死亡呐喊。人们就在我的身后，由于愤怒而目瞪口呆。你听见那扇门关上的声音了吗？告诉我，你听到了吗？我可听到了。

它最终会关上的。那么我呢？我在叫喊着什么？这唯一的一句话无人能懂："这里一个人都没有！这里向来空无一人！清真寺是空的，清真寺的尖塔是空的。这便是虚空！"有很多人前来看热闹，他们都向我发出仇恨的叫喊声，这是必然的。你的主角也许从一开始就说对了：在这个故事中，从来就没有幸存者。所有人都一下子，一次性死光了。

今天，妈妈还活着，可是这有什么用呢！她几乎什么都不说了。而我呢，我想我说得太多了。没有人受到惩罚，这是杀人犯的过错，你们的作家一定知道些什么……啊！这是我自创的故事里的最后一个玩笑。你知道"默尔索"在阿拉伯语中怎样发音吗？不知道吧？el-Merssoul。"使节"或者"信使"。还不错呢，是不是？好的，好的，这一次我真的要停下来了。酒吧要关门了，所有人都等着我们把杯子里的酒喝完。可以说，看到我们会面的唯一一个人是个聋哑人，我觉得他是个教员，他除了裁剪报纸和吸烟之外，再无其他兴趣！造物主啊，你是多么喜欢讽刺你的创造物……

你喜欢我的故事吗？我能提供给你的就这些了。要么记住它，要么遗忘掉，这是我说的。我是穆萨的弟弟，或者可以说我不是任何人的弟弟。我只是你遇到的一个胡言乱语的人，你在笔记本上满满地记录着我说过的话……这是你的选择啊，朋友。就像是真主的传记。哈哈！没人真的见过真主，就连穆萨也没有，没有人知道他的故事是真是假。阿拉伯人就是阿拉伯人，真主就是真主。没有名字，也没有首字母。壁炉里的蓝色和天空的蓝色有何不同。无边无际的沙滩上，两个不知名的人，讲述着两个故事。

哪一个更像真的？这可是个私密问题。由你来评断吧。“信使”！哈哈！

而我呢，我也希望我有众多观众，愿他们恨得发狂。